O riso dos ratos

Joca Reiners Terron

O riso dos ratos

todavia

*Para JT e, por que não,
também para JT*

E para a Egípcia do Crato

*O passado é imprevisível,
disse o senhor bispo.*

*Os rato vai dar risada
se nós falar do futuro,
disse o caolho.*

1. A promessa 11
2. Futurama 43
3. O quilombo 69
4. A plantação 101
5. Valongo 131
6. O navio 159
7. A origem 185

I.
A promessa

Quando soube do ocorrido à filha, diante da lentidão da justiça e antes de o agressor sumir de vez, prometeu a ela que o mataria, caso tivesse uma doença diagnosticada: descobriu a doença quase um ano depois, enquanto o inquérito ainda se arrastava, e não foi mesmo que uma condenação se antecipou a outra, ele pensou ao receber a filha e reiterar sua promessa, ambos sentados na sala diante da tigela de cozido que nada tinha a ver com barbárie ou tristeza, e agora só lhe restava correr para que seu tempo não expirasse feito suas palavras, uma promessa subindo junto da nuvem suspirada pelo cozido, engolidas pelo foco de luz da luminária acima da mesa de jantar.

Na tarde em que foi informado da natureza da doença, saiu da clínica com os exames num envelope, sentou no boteco da esquina e pediu uísque. A chuva veio e ele ficou, como de hábito quando bebia, girando a pedra de gelo no copo com o indicador em sentido anti-horário. Ao fazer isso costumava brincar com a filha ou com quem estivesse por perto, dizendo que era para o tempo não passar. Naquela ocasião contava que o tempo retrocedesse, na verdade, voltando para antes de a doença aparecer e do acontecido à filha. O aguaceiro engrossou e cobriu a calçada, arrastando sacos de lixo que entupiram sarjetas e bueiros, ilhando-o no boteco por tempo suficiente para a dose além da conta.

Com a enxurrada, refluíram ondas que formaram um torvelinho, em cujo centro volteava um chinelo tipo ráider e sobre o chinelo um rato encharcado, porém vivo; o aguaceiro aumentou e ali ficou, ali ficaram os dois se encarando, ele em seu posto no balcão de frente para a rua, o rato à deriva no chinelo como um comandante que se recusasse a abandonar o barco: o rato e ele, ambos aprisionados ao torvelinho do presente.

A promessa: ao longo de meses, em posse do nome e da identificação fiscal do sujeito em questão, que é como ele passou a se referir ao homem que fez aquilo com sua filha, tratou de monitorá-lo à distância, seguindo seus passos através dos registros públicos. Após a acusação ser feita, deram início às oitivas das testemunhas, e na medida em que a fragilidade do processo reproduzia a da própria vítima, protegendo o sujeito em questão e desprezando a anormalidade do cenário em que o fato se dera, ou tendendo a ignorar prováveis motivações das partes, adiando sem perspectiva o início do inquérito em si, mesmo diante das seguidas negativas do sujeito em atender às intimações para prestar depoimento na delegacia, o que não deixava de ser uma admissão de culpa, ele concluiu que não poderia faltar à promessa, e afinal fazer justiça tendo sua doença como pretexto.

Para viver mais ele teria de tomar providências, além de remédios. A situação andava difícil, o mundo parecia em coma, mas ainda era possível conseguir genéricos a preços dolorosos que prorrogariam seu tempo de caça, remédios obtidos nas farmácias das milícias que substituíram o sistema público de saúde.

O sujeito em questão: pouco se sabia do homem, a não ser da sua disposição em colocar mulheres para dormir com drogas diluídas na bebida do bar que mantinha na zona oeste da cidade. Era covarde, um estelionatário que não parecia disposto a pagar suas contas, por ínfimas que fossem, seus negócios iam mal, sua ex-sócia o processava, a prefeitura queria desalojá-lo do estabelecimento, e a escrivã de polícia desejava ouvir sua contraparte.

Contudo, o sujeito em questão tinha desaparecido das vistas, não comparecendo à delegacia quando intimado. Mas seus números, esses ainda podiam ser vigiados.

A doença, como os seres humanos e o sujeito em questão, também era feita de números, de cifras e frações decrescentes. Estavam nos laudos médicos e registros públicos, na ordenação dos processos, nas custas e no calendário na parede. Nomeavam os dias. Em suas investigações, ele esquecia de si, do próprio organismo que fraquejava, pois, embora não sentisse dores, a doença lhe drenava energia e o corpo o abandonava aos poucos. Após sofrer o que sofreu e ser ouvida na delegacia, quase um ano depois, a filha viajou com amigas que a abrigaram em algum lugar distante, talvez do outro lado do oceano, enquanto ele permaneceu sozinho em sua solidão na cidade. A natureza do seu ofício não o obrigava a sair, o que ajudava no acompanhamento remoto do sujeito em questão.

No fundo não reunia características de um predador, como o sujeito que vigiava parecia reunir, e não tinha mais idade para cumprir o prometido. A idade do sujeito em questão o inquietava, pois era próxima da sua. Ele se perguntava como um corpo da mesma idade que o seu, com deficiências semelhantes às suas, podia se entregar ao desejo que resultou naquilo cometido contra sua filha, uma mulher jovem de temperamento expansivo, levada pela solidão e pela sede, desprevenida pela ansiedade, alguém que se recusou a fechar a porta de noite para se proteger, escolhendo a diversão a permanecer em casa, embora ele reconhecesse a verdadeira alegria como algo que nunca se manifesta fora, pelo contrário, a alegria costuma luzir dentro da gente, como algo adormecido que desperta de vez em quando e logo volta a hibernar. Contribui para essa percepção o fato de ninguém saber exatamente quem sou.

O futuro, antes aberto à imaginação, agora era previsível, de uma previsibilidade cinzenta e insubstancial que o congelaria, caso não tivesse um propósito, caso não tivesse a promessa a cumprir. Havia aspectos do seu ofício que o aparentavam a um arqueólogo de máquinas esquecidas. Cultivava bugigangas anacrônicas, engenhocas textuais que se desfaziam diante do olhar, algumas delas ainda funcionavam, bem aquelas que o distraíam ao lembrar da doença, nos momentos em que reconstituía os passos do acontecido à filha, a partir das informações estampadas no boletim de ocorrência que teve a infelicidade de ler. Na poltrona da sala, diante dos aparelhos em que rastreava o sujeito em questão, às vezes assistia a filmes antigos e ouvia discos velhos, afundando na inércia. Àquela altura ainda acreditava que, na impossibilidade de prever o futuro, o melhor a fazer era inventá-lo.

Em ocasiões, quando emergia da tensa quietude que o tomava, alcançava o telefone de parede, cujo fio tão longo lhe permitiria perambular pelo apartamento, se pretendesse se mover tanto assim. Não era o caso, e ele voltava à poltrona, de onde discava seguidas vezes para o número deixado por sua filha do albergue onde estaria. Na primeira vez em que o atenderam, informaram que ela havia saído com suas defensoras, amigas que vinham ajudando a filha a superar o ocorrido, companheiras do grupo feminista da faculdade.

Na segunda tentativa e nas ligações seguintes, o telefone do albergue deixou de tocar, e mesmo depois de um tempo a estática do telefone ficou soando em sua cabeça. Essa repetição não foi a única, surgiram outras, misturando-se aos ecos de uma ideia fixa com poucas variações.

A ideia fixa: entrar armado de um porrete escondido na mochila no estabelecimento pertencente ao sujeito em questão, pedir uma bebida e, quando o sujeito se virasse para atendê-lo, acertar sua nuca. Depois abrir suas calças e enfiar bem fundo o cabo do porrete em seu rabo. Essa ideia se alternava com a troca do porrete por uma barra de ferro. Em outra ele simplesmente invadia o lugar com um revólver, disparava contra o sujeito em questão numa parte do corpo que não lhe resultasse fatal, depois arriava suas calças e penetrava seu rabo com o cano do revólver, de maneira que a alça de mira lhe rasgasse o reto, causando uma hemorragia que o matava. A seguinte ideia também o atraía: tornava-se freguês do bar, fingindo amizade com o sujeito, e, numa noite, após semanas de impostura, logo depois de o sujeito recebê-lo com um riso, com uma risadinha de contentamento, o drogava com alguma substância despejada em sua bebida, usando do seu próprio remédio. O prosseguimento não variava muito, penetração com objeto perfurocortante e depois a liquidação de contas em aberto, encerradas com um só gesto brutal, assinalando sua passionalidade diante do caso, algo que preferiria evitar: sabia que seu papel no drama era secundário. Na desordem de sua cabeça, a vingança, do desarme ao gesto conclusivo, deveria ser cometida por sua filha.

No entanto, ela reagiu com horror e descrédito na noite em que a convidou para jantar o cozido, o prato preferido dela, ao ouvi-lo reiterar a promessa de que, na iminência da própria morte por causa da doença, assassinaria o sujeito em questão. O horror da filha já havia se manifestado quando ele, ao saber o que aconteceu a ela, reagiu como um homem costuma fazer nessas situações: com urros, bravatas, arremessos de cinzeiro e de qualquer objeto ao alcance. Já o descrédito se deveu ao fato de ele não se encaixar naquele papel de valentão. A natureza do seu ofício, tão sedentária e marcada pelo isolamento, aguçou nele o temperamento arredio, indisposto a qualquer ação prática, e nisso até algo banal como sair de casa lhe parecia dificultoso. Mantinha seu comportamento estoico, e no fundo acreditava que realizar qualquer espécie de ação, não necessariamente bárbara, era o princípio do mal. Entre a solidão e a vulgaridade do convívio, sempre abraçou a primeira.

***

Sua apatia logo declinava para a melancolia. Para fazer o mundo vir até ele, o que o desobrigava de ir ao mundo, ligava o rádio de pilhas. As notícias eram vagas, contraditórias, vinham em lacunas ruidosas e espelhavam sua consciência em vias de se esfumaçar em seu oposto, na rigidez da obsessão.

Considerou contratar um detetive para rastrear o tal sujeito, cansou-se de enxergá-lo somente na forma de números, isso o desumanizava, por mais que o sujeito parecesse desprovido de qualquer traço de humanidade, de qualquer ângulo que se olhasse. Não conseguiria manter o ódio que o aquecia pelo tempo necessário para cumprir seu intento, se continuasse a vê-lo apenas como números em papéis, números em telas, números em sua conta bancária que decrescia, indo quase ao zero. Seria impossível continuar a odiar um número. Logo, o sujeito precisava voltar à forma humana, ao seu revestimento de roupas ridículas, carne e canalhice. Isso deveria acontecer quanto antes. Daí a ideia de contratar um detetive que lhe trouxesse fotografias do sujeito em questão, o que também serviria para manter suas pegadas bem vivas, caso os meios de monitoramento remoto falhassem. E ele, um especialista em obsolescência, sabia que falhariam.

Talvez não fosse conveniente acelerar os fatos, pois se o ódio irrompeu imediatamente, no instante mesmo em que soube do ocorrido com a filha, a incerteza do processo penal cresceu aos poucos, à medida que as etapas se estendiam ao longo de meses morosos, cada vez mais intervalados pela burocracia e pela má vontade da justiça, por quase um ano.

Surgiu a necessidade de contratar uma advogada que se comprometesse com a ação, e não apenas com o dinheiro dele. A primeira advogada tinha causado ainda mais aborrecimentos, embora alimentasse a imagem de ativista em defesa das mulheres, fazia isso com tanto empenho que não lhe restava tempo para cuidar da clientela. Após consumir metade dos recursos arranjados por ele em nome da filha, ela desistiu e apresentou uma nova advogada em sua substituição. Apesar de novata, ou quem sabe por isso, a nova advogada se comprometeu com o caso, além de orientá-lo no acompanhamento remoto dos registros públicos. Ao ouvir dela quais seriam os passos seguintes, ele se perguntava o que a movia, já que a sobra de dinheiro era tão pouca, afinal, se o compromisso ético do juramento de advogada, a ambição por construir uma reputação de caçadora de sujeitos como aquele em questão, ou a vingança por talvez ter sido vítima de algo parecido ao que sua filha sofreu.

A etapa posterior ao registro da ocorrência se manteve sob exclusivo jugo daquela evangélica acinzentada e obesa, a escrivã de polícia. Dois terços do tempo dedicados a colher um depoimento eram gastos na longa espera em que a testemunha, já diante da escrivã em sua escrivaninha, a ouvia reclamar das condições de trabalho, da delegada, da nora, dos netos, da rifa na igreja organizada para custear a reforma do salão de eventos, além de tagarelices com as demais funcionárias da delegacia sobre urgências diversas, como a faxineira que vendia cosméticos a fim de incrementar sua renda, na qual disse que a lavanda não cheirava a lavanda mas o rímel parecia valer a pena. Após implorar por desconto, a escrivã comprou um batom para a nora de quem reclamava havia pouco e depositou os dedos gordos no teclado repleto de migalhas, iniciando o interrogatório à testemunha da ocasião, com perguntas pré-formuladas que a jovem advogada corrigia com meneios da cabeça e acenos feitos de maneira a não sugerir que interferia na transcrição do depoimento. A fileira das testemunhas se alternava diante da escrivã de polícia e dos seus dilemas particulares, dos quais, por sua vez, também eram testemunhas.

As testemunhas eram três amigas, as mesmas que dali a quase um ano levariam a filha para o albergue, para a viagem de cura, uma antiga colega do ensino médio de sua filha que a encontrara na noite do evento em questão, agora uma estudante de arquitetura meio pônqui, mais duas colegas de faculdade que a socorreram na tarde que se seguiu ao crime, resgatando a filha em frente ao local onde tudo aconteceu e depois a acompanhando num périplo a delegacias inapropriadas para o registro da ocorrência ou mesmo fechadas, depois ao hospital a fim de realizar o exame de corpo de delito. Na antessala, à espera de serem ouvidas, as testemunhas se comportavam como se estivessem no camarim prestes a entrar em cena. Exceto pela antiga colega do ensino médio, eram todas estudantes de teatro, e uma delas se preparava para o teste de elenco de um musical, ensaiando baixinho com fones de ouvido a canção a ser interpretada. Em vários momentos ela se animou além da conta, e seus trinados chegavam ao corredor da delegacia.

Na delegacia, dois policiais à paisana fumavam no estacionamento. Poucas pessoas nas cadeiras da recepção, onde um homem dormia com a cabeça pendendo sobre o ombro. Parecia viver ali, o lugar se encontrava deserto. Não chegaram todas ao mesmo tempo, as testemunhas, primeiro veio a dona do automóvel que resgatou a filha, seguida pela futura estrela de musicais. Com atraso, apareceu a estudante de arquitetura meio pônqui e em seu rastro veio o espanto com a passagem do tempo: já não se parecia em nada com a secundarista de antes, com quem almoçou tantas vezes na companhia da filha, poucos anos atrás. O estranhamento maior se deveu à aparência do corpo dela, pois antes era gorducha e agora parecia adelgaçada, equilibrando-se nos coturnos que a deixavam mais alta. Talvez as calças pretas alongassem essa impressão. Em contraste com as estudantes de teatro, era uma soturna mancha existencialista, equilibrando o ambiente com certa gravidade, conveniente ao objetivo que as levou até ali. A advogada foi a última a chegar. Somada aos intervalos e às hesitações da escrivã de polícia, a espera prometia ser duradoura.

De manhã tinha passado mal, antes de tomar o táxi que o levou até a delegacia. Vomitou um pouco, após o banho. Não soube se o enjoo provinha daquela situação, ou se se tratava do primeiro sintoma da doença ainda ignorada. De fato, sentia-se doente a ponto de se ver no direito de julgar o comportamento daquelas garotas tão leais à filha. Enquanto uma cantava e outra se perguntava quando seriam atendidas e a garota meio pônqui se aferrava ao livro que lia, uma desconhecida acabou se juntando ao grupo na antessala. Diferentemente das estudantes, não pertencia à classe média. A expressão que a recém-chegada carregava estava ausente nas companheiras de espera: era de medo e a manifestava através da renitente mudez. Tossia, parecia febril. Perscrutou cada uma das presentes por um tempo, cruzou e descruzou as pernas e foi embora. De início, parecia ter saído para fumar. Mas não voltou mais. Ninguém chegou a notar sua presença e, ato contínuo, ele retomou seu julgamento silencioso da ausência de decoro das estudantes de teatro, chamavam demasiada atenção quando o necessário seria permanecerem atentas, à escuta da menor ameaça.

Algum tempo depois de prestar depoimento, quase um ano após o sujeito em questão entrar na sua vida e depois do diagnóstico da doença, ele recebeu a filha para jantar e firmou sua promessa diante do cozido que ela adorava. O vislumbre das engrenagens emperradas da delegacia o fizera perceber o mundo como uma encenação teatral em que a polícia interpretava papel bastante metódico: o de não deixar nada acontecer, para o bem ou para o mal. Nos mecanismos da justiça, os inquéritos policiais equivaliam à areia misturada à graxa num sistema de polias.

Na mesa da sala, ao ouvi-lo anunciar o diagnóstico, com os talheres nas mãos, a filha o olhou com horror. Antes de aquilo acontecer, de entrar num bar para beber e ser drogada, ela imaginava que no dia seguinte teria no máximo uma ressaca, e agora convivia com o horror da lembrança, com desprezo pelo próprio pai e seu projeto de perpetuação da violência. Assim que ele reiterou seus planos, ela se ergueu, deixando o prato ainda vazio, e saiu. Mas voltou um instante, apesar da raiva, talvez com pena dele, e o beijou no rosto. Um só ato de violência causa uma reação em cadeia, ela disse, fazendo a sociedade retroceder à barbárie. Ela se negava a participar daquilo. A filha murmurou esse enigma no ouvido dele e partiu, deixando a porta aberta, enquanto ele erguia a tigela de cozido como um convite final, a tigela simbolizando a promessa, ambas continuam a queimar minhas mãos, a tigela e a promessa, desde aquele momento. Foi a última vez que a vi.

A história da sua relação com a morte tinha duas etapas distintas. A primeira antecedia a descoberta da doença, algo a ver com seu comportamento e a despreocupação com o próprio corpo. Não pensava na morte, o que só apressou a chegada do diagnóstico letal. A segunda etapa se relacionava com o acontecido à filha, pois, com a impossibilidade de resolver o assunto por meios próprios — o porrete, a barra de ferro, o revólver que compraria no mercado clandestino —, passou a se sentir um morto que se alimentava sem apetite algum. Perdeu por completo o desejo, e a mera ideia do sexo, quando se insinuava em sua mente como uma fotografia de revista desbotada, tratou de lhe causar enjoo. Essas duas etapas não se relacionavam com a doença, apenas com aquilo sofrido pela filha e, embora se sentisse morto, somente a morte do outro importava. Com isso, sua própria morte se resumiu à importância de um gatilho ou de uma desculpa: existia apenas para disparar algo mais essencial, algo que daria fim ao seu sofrimento, ainda que temporariamente. Sabia que em poucos meses não sentiria mais nada, nem amor, nem vergonha, nem ódio. Esteatose, hepatite, fibrose, cirrose, assim o médico resumiu a via-crúcis hepática. E a morte.

***

À medida que as pegadas virtuais do sujeito em questão começaram a se apagar e ele deixou de obter sinais da filha, abandonou-se à apatia. Deitado diante da televisão, assistia a filmes em preto e branco à procura de um mundo sem dúvida mais compreensível que o cinza da realidade além do apartamento. O passado parecia mais simples justamente por já ter acontecido. Ao suceder aquilo com a filha, um fenômeno alterou o correr do tempo, que se estagnou, o presente se tornou aquilo mesmo sofrido por ela, que se confundiu com a doença e substituiu o cotidiano, um rato molhado em cima do chinelo girando na enchente, o cubo de gelo sendo girado em sentido anti-horário dentro do copo, os ponteiros imóveis do relógio de pulso, as estrelas barradas pelo teto irremovível, pela tampa gigantesca do barril, o torvelinho do presente.

Em sua percepção estática, somente as fitas em preto e branco se moviam no videocassete, às vezes emudecidas, pois mesmo quando os filmes eram falados ele reduzia o volume do aparelho ao zero. De tempos em tempos, ao se erguer e trocar as fitas, olhava a luz projetada pela janela da sala na parede só para se certificar de que permanecia cinzenta, um meio-termo impossível segundo sua compreensão maniqueísta da existência, que ele voltou a alimentar como na infância, quando lhe incutiram a ideia de que o mundo presenciava o embate entre duas forças, preto versus branco, junto da convicção de que apenas uma delas venceria, e para isso acontecer bastaria se comportar bem.

Os filmes: neles, homens se espancavam mutuamente, atiravam tortas de creme uns nas caras dos outros, arrastavam mulheres pelos cabelos com tacapes nas mãos, disparavam contra índios a cavalo, protegidos detrás da diligência tombada ou das rochas do desfiladeiro, duelavam ao poente, corriam no topo de vagões de trens em movimento, bombardeavam cidades repletas de mulheres e crianças, chicoteavam cavalos à frente de bigas em disparada, guilhotinavam reis e rainhas, furavam buchos com punhais e amputavam membros com pesadas cimitarras. Nos intervalos disso tudo, piscavam freneticamente as pálpebras ao verem mulheres por quem se apaixonavam, cometendo insanidades apenas para atrair a atenção delas. Era o mundo onde ele foi criado e do qual herdou as noções de honra que tanto o perturbavam agora, nesse torvelinho em que se estagnava desde aquilo acontecido à filha, uma queda em espiral o retendo num momento perene.

A reação da filha ao ouvir sua promessa, quando a doença ainda não tinha se feito presente: ela assentiu, meio sem o entender, como alguém que pestaneja ao ouvir a risada de um idiota. E, quase um ano depois, a reação da sua filha ao ouvi-lo reiterar a promessa, ao mesmo tempo que era informada da gravidade da doença: ela soltou os talheres na mesa e sorriu, apenas com o canto da boca. Não acreditando que ouvia aquilo pela segunda vez, limpou o lábio superior com o guardanapo e deixou o cozido esfriando no prato. O silêncio dela a partir desse episódio lhe pareceu uma aceitação ainda mais aguda da sua noção de honra paterna, tão despropositada quanto antiquada. Contudo não se tratava de um assentimento calado por parte dela, ao contrário, mas da própria incapacidade dele de ouvi-la, o silêncio da filha diante da reiterada promessa de vingança dizia que ela ainda acreditava na justiça, não na dos homens mas na justiça das mulheres. Não queria mais ter nada a ver com a justiça dos homens.

De fato, havia mais brutos e criminosos debaixo de tetos do que nas ruas. Nos bares, apartamentos e prédios a brutalidade, como a violência, era a base de tudo. A brutalidade das ruas não era nada comparada com a dos condomínios. Os crimes nas ruas, os assaltos e atropelamentos não eram nada em comparação com os crimes domésticos. Os crimes nas ruas infestadas de miseráveis da cidade eram ridículos ao lado dos crimes cometidos nos balcões de bares, nas mesas de jantar, nas camas de casal. Os homens, julgava ele, eram delinquentes e criminosos natos. Tudo neles era violento e criminoso, nas ruas ou em casa, mas nada era mais brutal do que aquilo cometido entre quatro paredes.

Prevalecia no subconsciente masculino, a despeito da educação do indivíduo, um código de leis que não era diferente do aplicado por criminosos nas penitenciárias. O horror manifestado pela filha ao ouvir a reiteração da promessa tornou patente que essas leis só pareciam razoáveis nos meandros obscuros da cabeça do pai. Ela sabia que a execução da lei de talião apenas o levaria para a cadeia, o que afetaria sua própria vida em algum nível que não tinha condições de avaliar. Ele havia sido criado como homem, sob o ônus da herança que isso significa: a violência, em seu caso nunca praticada. Era pacato, porém de temperamento irritadiço, sua neurastenia se manifestava somente por meios intelectuais. Essa maneira de ser ditou seu sustento, a natureza do seu ofício, o trabalho editorial e a tradução, a leitura e a escrita, que o levou a uma existência estanque, quase precária de tão apática. Não tinha os atributos de um pistoleiro de aluguel, nem mesmo a pistola.

Deitado na poltrona da sala do apartamento atulhado de livros, fitas e discos, o teto girava ao redor da obsessão fixada no fundo dos seus miolos. Seus dias, até aquilo acontecer com a filha, foram marcados pelo consumo de álcool, que agora, doente, devia superar. Só assim escaparia ao imobilismo e iria, afinal, ao encontro do sujeito em questão. A mera ideia de sentir a barra de ferro nas mãos, porém, o aterrorizava. Talvez não tivessem sido seu temperamento ou o pendor à contemplação que o protegeram ao longo da vida em apartamentos e escritórios: a covardia o conduziu até ali, e só a coragem poderia resgatá-lo.

Ou a doença: não tinha nada a perder, mas talvez tivesse a ganhar. Quem sabe a fulguração do seu gesto final resistisse ao apagamento da memória, e fosse lembrado pela filha como um homem no futuro. Como um verdadeiro homem.

Depois de semanas prostrado, ele se ergueu e caminhou até o chuveiro, fedia como alguém na véspera do próprio enterro. Ao abrir a torneira, não saiu água. A pia da cozinha e a do tanque exalavam longos suspiros, suspiros asmáticos provenientes das entranhas do prédio que também parecia adoecido, assim como o corpo dele. A linha telefônica deixou de funcionar e com isso os mecanismos usados para monitorar à distância o sujeito em questão. Não chegavam notícias da filha nem mesmo por via postal, já não chegavam os boletos de cobrança enfiados pelos funcionários por debaixo da porta. A água não sair da torneira e os boletos sumirem pareciam sinais inequívocos de que o mundo não ia nada bem.

Tentou captar sinais de rádio pouco antes de o aparelho morrer. Talvez devesse emprestar pilhas do vizinho, apesar de não suportar o velho que vivia na porta ao lado. Ao ouvir o rangido das dobradiças da porta da sala, calculou quantos meses fazia que não a abria, sem nenhuma conclusão. Ninguém atendeu no apartamento vizinho. Do fundo do corredor, das escadarias e do poço do elevador, vinha o mesmo murmúrio surdo que escorria pelo encanamento do prédio. Ele voltou ao apartamento e passou a revirar amontoados de papéis velhos. Entre antigas aventuras de capa e espada — sua noção de honra também vinha daquelas leituras —, encontrou um grosso volume das páginas amarelas de anos atrás, quando ainda imprimiam esse tipo de coisa. Na seção dedicada a alfaiates, sapateiros e dentistas localizou endereços de detetives particulares, apenas três ou quatro, especializados em adultérios. Equipamentos de última geração. Gravadores e câmeras digitais.

Preços módicos. Considerou descer e ir ao endereço mais próximo, mas antes verificou a janela. Lá embaixo o mundo parecia seguir sua rota invariável rumo à destruição.

Em frente ao elevador de serviço, o lixo se acumulava. Onde estaria o faxineiro do prédio, um fulano que conhecia seus maus hábitos como ninguém e também os do velho alcoólatra que morava ao lado. Ele se envergonhava um pouco quando ouvia o tilintar das suas garrafas de vidro se chocando ao serem recolhidas e, para disfarçar, costumava descartá-las junto às do vizinho. As últimas garrafas consumidas seguiam ali, acumuladas ao lado da lixeira transbordante de moscas. Algo bastante incomum, o faxineiro nunca tardou em recolhê-las. Era quase um apoio tácito à sua bebedeira, assim como à do vizinho, o pronto recolhimento das garrafas, já que a venda delas para reciclagem devia ser importante suplemento da renda do faxineiro. Bebam, bebam. Quanto mais garrafas, melhor. O fulano era um parasita. Mas as garrafas continuavam ali.

O sol iluminava a cidade como uma ideia fixa. Na calçada, onde antes ele costumava ver uma ou outra velha conversando, não havia ninguém. Caminhou em direção ao endereço do detetive, uma rua no bairro vizinho ao seu. No trajeto, em número cada vez mais exagerado, multiplicavam-se os mendigos. Nenhum pediu dinheiro, era de causar estranheza. Pareciam de mudança. Arrastavam seus trastes olhando para trás como se tivessem alguém no encalço. Em frente ao restaurante beneficente do governo, ao deparar com a horda de famintos, intuiu: a maioria da população já vive nas ruas. Agonizavam nos cantos. Na fila, caíam duros.

O escritório do detetive ficava num prédio comercial decadente já conhecido, pois nele se situava também o técnico que consertou uma vez sua televisão e seu videocassete, além dos sebos nos quais comprava livros. Homens que viviam de comprar e vender lixo, homens-lixo. A portaria do prédio, onde faltava energia elétrica, estava vazia. Pela oxidação, as portas de correr da loja do técnico não eram levantadas fazia algum tempo. No segundo piso, na salinha onde deveria ficar o detetive, não rolava pelas paredes nenhuma sombra de gente. Desceu ao térreo pela escadaria e saiu, ensimesmado, andando pela cidade.

Suas pernas desleais o conduziram à calçada em frente ao estabelecimento do sujeito em questão. O bar estava fechado, e ele decidiu aguardar do lado oposto da rua, debaixo da árvore: a noite o flagrou sentado na calçada, quase cochilando, à espera do dono. Na rua, antes bastante movimentada, a principal de um bairro lotado de lugares suspeitos como aquele, passaram dois carros. Pertenciam à polícia, mas não pareciam conduzidos por policiais. Debruçados nas janelas dos carros, homens de balaclavas negras exibiam suas carabinas. Ele continuava agachado na calçada, detrás do tronco da árvore, e não foi visto pelos encapuzados.

O bar não passava de um pé-sujo, como outros da região. Entendia que era o tipo de estabelecimento frequentado por estudantes como sua filha, gente sem dinheiro, artistas e criminosos. Não deixava de pensar, mesmo contra a vontade, que aquilo sofrido pela filha só podia ter acontecido num ambiente daqueles. Era algo que às vezes se metia por sua cabeça e ele se desviava de considerar a sério, fugindo para o pensamento seguinte pois não queria culpar a filha. Afinal, aquilo só poderia ter acontecido num lugar daqueles, porém ela havia ido até ali sobre os próprios pés, sem que ninguém a empurrasse até o balcão. Em geral, esforçava-se para tolerar o cotidiano da filha, vendo seus hábitos como condizentes com a profissão almejada por ela. No fundo, porém, por mais que evitasse, ele considerava que aquilo só podia ter acontecido à filha porque ela se misturou com aquele tipo de gente em questão. Com gente-lixo.

A noite avançou e ele persistiu na espera, sem saber como reagiria ao encontrar o sujeito em questão. Na madrugada, e já não compreendia se era a da primeira noite que passou na calçada em frente, ou talvez a seguinte, pois tinha se desentendido das horas, acenderam luzes no interior do bar, trêmulas como a luz de velas. Imaginou que o sujeito em questão se escondia lá dentro, à espera de ser esquecido pelas intimações da escrivã de polícia e pela justiça. As luzes logo se apagaram, assim como ele próprio, que adormeceu antes de clarear.

Quase não passaram pessoas ou carros ao longo da manhã e da tarde. De noite, as luzes no interior do bar não acenderam novamente, o que o fez pensar que o sujeito devia ter escapado sem que ele o visse, quem sabe por alguma porta lateral ou pelos fundos. Só então percebeu que também não havia luz nos postes. Aquele instante diário que parece mágico, no qual todas as luzes da cidade se acendem ao mesmo tempo, como que acionadas por um interruptor divino, não aconteceu.

De manhã, despertou com o tilintar de uma moeda na calçada onde continuava jogado, a moeda caiu aos seus pés e permaneceu rodando ao redor do próprio eixo até desabar. Ouviu saltos dos sapatos de uma velha que se afastava e entendeu que a mulher, coberta de sacolas e claudicante, ela própria uma mendiga, o confundira com um igual.

De volta ao apartamento, encontrou no amontoado de papéis um antigo álbum de fotografias que o lembrou de outros momentos da filha, mais luminosos do que aquele que congelou o seu presente, o momento em que ela sofreu o que sofreu. Não fossem as fotos, ele teria dificuldades para recordar a chegada dela da maternidade, deitada sobre o seio da mãe exausta, em seu primeiro sono não supervisionado pela enfermeira. Ao rever o álbum, constatou que guardava poucas fotos da filha, em decorrência da separação abrupta que sucedeu ao seu nascimento.

Talvez existissem algumas na casa da mãe, mas não sabia com exatidão onde ficava essa casa, nem em qual cidade, nem se ainda existia. Depois de ser abandonado, perdeu o contato com a mãe de sua filha.

A esse propósito havia na promessa à filha um aspecto que o desautorizava a cumpri-la, algo que o assombrava, um episódio ocorrido pouco antes de a mãe dela abandonar os dois ao deus-dará. Ele andava bebendo demais, é verdade, ausentando-se graças às exigências do emprego na editora, mera desculpa. A filha devia ter um ano, nem chegara a andar pela primeira vez na sua direção, com aquele sorriso ainda sem dentes de quem nem sequer podia conceber o inferno onde os adultos estão metidos. Tinha chegado do trabalho tarde da noite, depois de uns goles com colegas no bar da esquina, e a mãe dela, que então passava suas noites diante da tevê, se insinuou no sofá da sala, ambos iluminados pelas cores anômalas do aparelho aceso. Ele andava carente, à deriva e excluído daquela relação entre filha e mãe, e se esfregou na mulher, mas ao sentir seu azedume de guardada, a presença indelével de uma bebê permanente no corpo da mãe, seu desejo arrefeceu no ato, e ele sentou ao lado dela, que continuou deitada, mirando o teto que prendia a ambos. Ela sentiu nele o bafo do álcool, pressentiu-lhe a impotência crescente, inadiável e melancólica murchando na consciência, assim como em outras partes, e soltou um risinho de escárnio, nada mais do que isso, uma risadinha de canto de boca que foi aumentando aos poucos, logo explodindo numa gargalhada.

No meio da noite, depois de se recolher ao quarto, após a mãe de sua filha adormecer no sofá da sala, ele recolheu, caída no tapete, a almofada estampada com uma personagem infantil qualquer, uma pequena rata branca de nariz avermelhado a cujo desenho animado a filha assistia repetidamente, uma almofada cor-de-rosa, a cor opressiva da casa por aqueles dias, e tentou sufocá-la, comprimindo a almofada contra a cara da mulher adormecida, mas acabou desistindo, menos pela reação dela do que pelo sorriso da pequena rata na almofada, a ratinha sorria para ele enquanto sufocava a mulher, o sorriso o fez lembrar da filha, trazendo-o à razão. Após espernear e arremessar o controle remoto do videocassete nele, de ameaçar chamar a polícia, ela se trancou no quarto. Menos de uma semana depois do acontecido, ela o abandonou com a filha pequena. Ele tinha motivos para compreender o fato de a mãe ter deixado a filha — jamais quis ser mãe, apenas atendeu aos seus apelos, talvez para salvar o casamento —, embora nunca tenha entendido isso completamente.

De qualquer modo, nas fotos que ele guardava a filha aparecia em momentos felizes, nos quais não se percebia esse episódio. Coberta de espuma e acossada por patos de borracha na banheira. Ambos com vassouras nas mãos, enquanto fingiam varrer a cozinha. Com o rosto manchado pelo picolé de uva, na primeira vez em que entrou no mar. O retrato ao pé da árvore, cuja copa chegava até a janela do quarto dela, e que por isso ela chamava de *árvore da casa*, brincando que não tinha uma casa na árvore, e sim uma árvore na casa. Ela e ele fazendo caretas para a câmera, e ao ver essa foto ele também começou a fazer caretas como as da fotografia, talvez de dor. Estava doente e a dor despontava de vez em quando, ocupando o lugar das recordações. No rastro da dor, vinha a consciência da passagem do tempo. Aqueles eram seus últimos dias: diminuíam suas chances de cumprir a promessa — uma promessa, como ele sabia, muito aquém de sua altura moral e coragem. O episódio da almofada era o seu maior segredo e, sem nenhuma dúvida, minha maior vergonha e meu assombro.

Ele fechou o álbum e discou o número do albergue onde a filha tinha se hospedado, supostamente, sentia-se tão atônito que nem percebeu a linha telefônica sem funcionamento. A ausência de respostas, o eco metálico da linha desligada, isso fez bem a ele, o acalmou. Caminhou até o quarto de dormir e se deitou na cama; o lençol não era trocado havia tempo suficiente para exalar um odor desagradável de suor e urina. Desde que aconteceu aquilo à filha, ele não tinha dormido mais, apenas cochilado um sono entrecortado de pesadelos. Ao deitar daquela vez adormeceu instantaneamente, permanecendo assim por tempo indefinido.

A hibernação: trata-se de um erro costumeiro, na impossibilidade de descrever o sono, descreva-se o sonho. A beleza do sono se encontra no entorno do adormecido, nos objetos ao redor da cama que o velam. Parece um milagre que o mundo continue a girar enquanto o adormecido dorme, e a geladeira permaneça ligada, preservando alimentos estragados, o arroz embolorando na panela e o verdejante presunto cujo prazo de validade, de tão desgastado pela umidade que afetou a etiqueta no qual está estampado, adquiriu aparência de hieróglifo. O adormecido, ao se entranhar na gruta do sono perdido (uma gruta no topo da montanha rochosa de uma ilha aonde ele chegou após sofrer um naufrágio), não percebe os raios cancerígenos das antenas de telefonia que o atravessam em suas horas de sono, ameaças invisíveis contra as quais o homem, em sua fúria caolha, ainda não preparou planos de vingança. No raio mais amplo dos arredores, onde por ora ele dorme no quarto do seu apartamento, a partir do prédio onde vive e do bairro e de sua guerra de classes permanente, que pode ser resumida na oposição entre os que têm um teto e os que vivem nas ruas, do prédio às avenidas mais distantes onde executivos ditam, do alto de helipontos em arranha-céus envidraçados, seus planos de execução, pois nesse amplo domínio algo ocorreu enquanto ele dormia, algo que não pode ser desfeito e alterou para sempre a consciência do homem adormecido, que bem poderia morrer num sono tão profundo, simplesmente esquecendo o caminho de volta para casa.

Ele levaria mais tempo para compreender que agora habitava essa paisagem na qual sons elétricos cessaram, e onde não se ouvia mais o sibilar das lâmpadas fluorescentes e o coaxar noturno das geladeiras, o rugir dos motores em movimento e o rodar das manadas de coletivos no asfalto. Quando por fim despertou, sua barba se enroscava nos dedos e o lençol fétido estrangulava seus tornozelos, de tantas voltas que dera ao redor do colchão, com a força de grilhões. Observou o teto e pensou que não poderia mais ser considerado um homem enquanto não cumprisse sua promessa. Seus sentidos estavam mortos, a vida como a conheceu não mais lhe interessava. Sua percepção das coisas tinha se movido para um lugar instável, onde coisas se empilhavam perigosamente, substituindo-se numa reordenação incessante movida por um único intuito: dispor, no topo da pilha, seu desejo de vingança.

Ao acompanhar um inseto que emitia brilhos esverdeados, ele entendeu que deixou de ser um homem no momento em que soube do ocorrido à filha e optou pela racionalidade, em vez de arranjar uma arma ou liquidar o sujeito em questão com as próprias mãos. O que aconteceu à filha apagou sua autoimagem, uma construção alicerçada na infância mas que levara a existência inteira para colocar de pé. Nada lhe restava a não ser levantar e encarar a covardia no espelho. Ao fazer isso, o inseto lhe pousou na barba que chegava ao peito. A mosca titilou na sua face encovada, enroscando as patas nos pelos, e se meteu em sua narina. Ele abriu a boca de espanto e a mosca ressurgiu, saída do fundo dela. Mais irritante que uma mosca zumbindo nos ouvidos quando se procura dormir, talvez só uma mosca pousar nos olhos abertos de alguém que não consegue fechá-los. Não conseguiu afugentar a mosca, seus braços não obedeciam. É horrível quando isso acontece, ainda mais quando se juntam em enxames e se enfiam em nosso nariz, como invadem nossa boca aberta quando gostaríamos de mantê-la fechada, sobretudo quando estamos estendidos de cara ao sol com a arma caída ao lado porque não tivemos tempo de dispará-la.

Ele prosseguiu na escuridão do quarto, ouvindo hélices de helicópteros no firmamento, tiroteios e gritos nas ruas. Nessas ocasiões tão longas e estáticas, o corpo dele emitia uma luz esverdeada e tênue semelhante à de alguns gases, que chegava a iluminar o cômodo, mas não o suficiente para ler algum jornal do ano passado. Com as mudanças físicas ele esperava que seu corpo se tornasse mais pesado, porém ocorreu o contrário. Esses sintomas da doença o liberavam do peso moral de viver segundo as leis dos homens. Estava livre de qualquer convenção.

Uma tarde bateram em sua porta. Ele se aproximou da maçaneta, onde a mosca estava pousada, talvez fosse a mesma mosca, ouvindo o catarro no peito dos que estavam do lado de fora: havia mais de uma respiração, tossidos distintos. A maçaneta foi girada, e a mosca bateu asas. O movimento da maçaneta se repetiu, depois cessou. Ele poderia passar pela fresta de debaixo da porta, se não tivesse a cabeça tão grande e dolorida, e verificar quem eram suas visitas.

As visitas: batidas o despertaram. Ele retirou os lençóis, deu dois tapas no colchão, que levantou pó no foco de luz solar sob a janela baça. Caminhou decidido em direção à porta e acompanhou o girar externo da maçaneta até parar. Através do olho mágico, vultos indistintos se moveram em aparente hesitação e saíram de quadro. Quando retirou a tranca, virou a chave e olhou pela porta entreaberta, não havia mais ninguém no patamar da escadaria. Ele trancou a porta e verificou a janela da sala, de onde poderia acompanhar a movimentação em frente ao prédio. Mas não ocorria movimentação alguma, ruas e calçadas estavam vazias. Acabou voltando ao estado de desgosto, enrolando as pernas nos lençóis, a consciência esvaziada exceto pela promessa, que era a causa de ainda seguir vivo.

O sono o despojou dessa convicção por uma noite, mas de manhã despertou com pancadas na porta outra vez. Ao levantar, acionou o interruptor sem lembrar que a energia elétrica tinha sido cortada. Tateou entre os móveis e papéis empilhados do corredor e ali, parado no escuro, sentiu fome e sede. A pontada aguilhoou seu ventre com um rangido seco e ele se agachou, abraçando as pernas. Da janela da sala vinha o tremeluzir do que parecia ser uma vela acesa num apartamento do lado oposto da rua. Ele comprimiu os olhos na tentativa de localizar alguém por lá, mas a chama alvacenta logo se apagou.

Uma nova agulhada o lembrou do Futurama, o supermercado da esquina, um lugar onde ofereciam de tudo, a não mais de duzentos passos do seu prédio. Deve ter alguma vantagem em se viver na metrópole, era o que sempre dizia à filha, ao abrir a porta com sacolas de compras nas mãos, enquanto ela o aguardava para o almoço. Agachado no corredor, ele lembrou do fígado sendo frito na manteiga, do cheiro de almoço se alastrando pelas escadarias do prédio ao meio-dia, estendeu a mão e rasgou a folha de um jornal, justamente da seção de gastronomia. O ronco do estômago se prolongou até lhe contar alguma coisa numa língua que ele não chegou a aprender. Enquanto lia receitas e admirava fotografias dos pratos, pensou em colocar o pedaço rasgado na boca; acabou recheando os bolsos com o suplemento inteiro. O sol logo projetou um dia leitoso ao nascer na janela da sala. A sede o levou a abrir a porta do apartamento.

Ora, iria ao supermercado, era o que precisava fazer: isso, comprar mantimentos lá no Futurama. Ainda tinha algum dinheiro em casa, sua desconfiança com o sistema bancário seria providencial. Entre outras heranças do seu pai, como a noção de honra, estava o hábito de guardar dinheiro num discreto furo do colchão da cama que antes era ocupada pela filha. Às vezes, quando ela pedia um trocado para ir ao cinema com as amigas, isso foi antes de decidir viver sozinha na quitinete em outro bairro, ele ria por dentro, pois a filha não desconfiava que dormia em cima das economias da família. Dessa vez, ao rir daquilo, sentiu uma pontada na barriga. Estava enfraquecido e sabia que não era só por causa da alimentação precária. O médico o alertou sobre como seria a progressão da doença. A via-crúcis hepática. Ele foi até o quarto de dormir e enfiou a mão no furo do colchão. Não encontrou nada além da espuma, o dinheiro não estava mais onde deveria estar. Não tinha por que desconfiar da filha, embora ela fosse a única visitante do apartamento. Se gastara suas economias, como seria possível ele não se recordar disso. Tentou respirar, seguiu até a sala e girou a maçaneta da porta.

O patamar do elevador estava na penumbra, as luzes seguiam apagadas. Ele auscultou a janelinha da porta do elevador à procura de sinal de vida nos demais andares. Bateu na porta do vizinho em frente. Esperava ao menos que as luzes de emergência das escadas se acendessem automaticamente, como prometiam os avisos. Quando se preparava para descer, tateando a parede do patamar e acenando ao vazio na tentativa de acender as luzes, uma garra prensou sua nuca. Ele tentou se voltar para escapar ao apertão, mas seu braço direito foi imobilizado detrás das costas. O punho brotado do nada atingiu seu nariz repetidas vezes e algo se rompeu, o nariz e talvez algum osso daquela mão sem braço nem o restante do corpo. Ele reagiu, desvencilhando o braço direito e dando um coice em quem o agarrava, alguém que despencou pela escadaria. Retrocedeu dois passos em direção à porta, mas foi interrompido a meio caminho, quando ia voltar ao apartamento. O golpe em seu estômago irradiou por todo o tronco uma dor que o levou ao chão. Ultrapassando seu corpo caído, duas sombras com pernas entraram pela porta, enquanto ele distribuía chutes ao acaso, acertando apenas o extintor de incêndio na parede, que se desprendeu e atingiu sua cabeça. Enquanto gemia, o que despencou na escadaria apareceu de regresso e também sumiu porta adentro. Quando soou o clique da chave na fechadura, só pensou na filha: fora de casa, do seu endereço habitual, ela nunca mais o encontraria.

Já de pé, esfolou os nós dos dedos de tanto espancar a madeira maciça. Alcançando o extintor de incêndio caído, passou a usá-lo de aríete contra a porta, depois contra a maçaneta, até que a arrancou, soltando ruídos metálicos ao repicar pelos degraus. Ele encostou o ouvido na madeira e não conseguiu captar nenhum barulho no interior do apartamento. Parecia desabitado. Ficou ali por horas, amaldiçoando a si mesmo e ao destino, até perder a consciência do tempo, depois desceu pela escadaria até o térreo.

Não encontrou ninguém no térreo, os vidros da porta dianteira do edifício estavam arrebentados. Procurou funcionários na portaria onde a correspondência se esparramava sobre o balcão e pelo piso coberto por fezes de algum animal. Notou a mancha avermelhada no trinco da porta: parecia sangue. Atravessou a garagem do edifício, observando se ainda havia automóveis nas vagas. Um deles estava fora do lugar, como se a sua trajetória habitual tivesse sido interrompida a meio caminho do portão. A porta arrombada do motorista convidava a entrar. No banco traseiro, uma cadeira para criança, brinquedos, mais nada. A chave permanecia no contato. Caminhou até o saguão do edifício e sentou no piso à espera de que um morador entrasse ou saísse. Lambeu as feridas, vendo o peito empapado do sangue que escorria do nariz e os pés destruídos pelos chutes no extintor. Caído em frente à porta do elevador, mediu o próprio pulso entrecortado e submergiu na espuma de uma onda cálida que ia e vinha dar na areia branca de sua inconsciência.

Talvez ninguém tenha passado por ali. Após um tempo ele se ergueu e se esgueirou em direção à fraca claridade vinda da rua através da porta estilhaçada. Terminou de romper o vidro para sair, já que a trava elétrica não funcionava. O portão da grade em frente ao prédio estava aberto. Não tinha ninguém nas calçadas da rua, e a guarita do prédio vizinho parecia desguarnecida detrás dos vidros escuros. Os postes públicos continuavam apagados como no outro dia, exceto por um deles que ainda piscava, indeciso, na esquina em frente ao supermercado. Aquele poste tinha chamado sua atenção quando se aproximou da janela, à procura do som das turbinas de um avião que cruzava às dezenove horas o horizonte da cidade na janela do apartamento. Aquele avião tão pontual era seu relógio infalível, ele disse um dia à filha quando ela era pequena, por meio do qual acertava os ponteiros do relógio de pulso. A filha gostara da brincadeira e também se habituou a observar o avião todos os dias no mesmo horário, e depois o ajudava a dar corda no relógio. Com ar misterioso, de quem tinha desvendado o mecanismo do mundo, ela o retirava do pulso dele fingindo pressa e se punha diante da janela à espera. Quando o avião despontava, vindo dos lados do aeroporto, ela girava o botão, acertando os ponteiros, antes de o avião desaparecer nas nuvens. Durante os bons meses que a brincadeira durou, aquele avião nunca chegou a atrasar.

Ontem, entretanto, o avião não passou pela janela. Ele notou o poste solitário piscando na esquina e ouviu estrondos que pareciam ser de um helicóptero fora de vista. Por experiência, sabia que um helicóptero da polícia parado sobre a cidade anunciava tragédias.

Lá embaixo não havia barulho de hélices nem de nada. Um silêncio tão insistente era incomum naquela região central da cidade. Avançou pela rua e se surpreendeu com o ressoar dos próprios calcanhares no vazio. Não sabia que horas eram, e foi guiado até o supermercado pelos resmungos das próprias entranhas. No caminho, pensou ouvir cascos de cavalos se chocando contra o asfalto. Os únicos cavalos conhecidos da cidade, além daqueles do jóquei, pertenciam à polícia militar. Ele seguiu, mesmo desconfiando que o Futurama estaria fechado. O supermercado ficava no subsolo de um edifício e ocupava o piso do nível abaixo da rua. No estacionamento mal iluminado pela luz do único poste que piscava, havia dois automóveis. Sentiu falta dos mendigos na rampa que baixava até a entrada, tão disputada pelos moradores de rua quanto a frente das agências bancárias e lotéricas, lugares onde a mesquinhez humana talvez amaciasse um pouco. Não acreditava nisso, na verdade, e supunha que era a esperança dos mendigos que se redobrava, na medida inversa à sovinice alheia. A rampa também oferecia a vantagem de funcionar como abrigo temporário, ao menos até o fim do expediente, quando o portão era fechado. Ele era dos que nunca davam esmola.

Ao passar pela rampa acompanhado da filha voltando do Futurama, quando ela era pequena, sempre tinha prejuízo, pois a filha exigia dar algo da compra que traziam a algum mendigo que estivesse por ali, uma chateação, pois era algo que ele seria obrigado a comprar outra vez depois. Ela nunca perdeu aquela mania, apenas passou a viver sozinha na quitinete, o que trouxe a consequência de diminuírem suas idas conjuntas ao supermercado. E dessa vez não havia filha nem nenhum dos mendigos com quem ela simpatizava, como aquele homem mais velho, de queixo quadrado e aparência distinta que ela costumava chamar de *vô*. Estava sempre descalço, e tinha umas impressionantes solas dos pés, esbranquiçadas de tão gastas, o couro cascudo com dedos quase sem unhas. Ela dizia que aquele homem se parecia com o avô que ela conhecia somente dos retratos. Um dia, ao voltar do Futurama sozinho, ele notou que o mendigo descalçava os sapatos e os guardava detrás das costas, ao sentar no chão com as pernas dobradas e as mãos cruzadas sobre os joelhos. Fazia isso talvez para reforçar sua humildade, apesar de ser desnecessário qualquer reforço, não passava de um pedinte miserável. Ou talvez porque os sapatos fossem menores que seus pés e os machucassem. Nunca mendigava coisa alguma. Naquele dia percebeu que as lascas de unhas dos pés dele estavam pintadas de vermelho.

No chão da rua, laranjas se esparramavam pelo asfalto, caídas de uma sacola cujo fundo estourou há bastante tempo, uma sacola de antes, do passado, laranjas douradas que quase eram atropeladas pelas rodas dos carros em movimento e se esparramavam velozmente em seu juízo. No entanto, a rua continuava vazia.

Na noite sem mendigos, ele desceu a rampa até o Futurama, que estava fechado. Nenhuma cintilação fora ou dentro do prédio. Ele decidiu aguardar a chegada dos funcionários e se esticou atrás das floreiras da entrada. Eram volumosas e o protegeriam de inconveniências. Sua esperança, além de encontrar comida e bebida, era obter auxílio para retornar ao apartamento. A temperatura caiu e ele se enrodilhou no piso de cimento, sentindo frio nos pés inchados. Retirou pedaços do jornal dos bolsos e colocou na boca, mastigando-os bem devagar. Miserável como qualquer mendigo.

No silêncio noturno, sobressaíam o estalar do aço do portão de correr se contraindo e latidos de cães ao longe. Seus pés latejaram por causa do inchaço, a fraqueza o venceu e teve pesadelos com a ocasião recente em que, desobedecendo a orientações da advogada, que lhe aparecia vestida num tailleur de brumas, permaneceu dias em frente ao bar à espera do tal sujeito. Em seus pesadelos o sujeito em questão também dava as caras, mas na hora de cumprir o que o levara ao bar, sua vingança, não conseguia cumprir nada do prometido. Acabava fugindo aos tropeços, mancando pelo asfalto.

***

A manhã se chocou nos edifícios ao leste e ele saiu sobressaltado do sono, murmúrios vinham do interior do Futurama. Pelas frestas do portão de correr, verificou um fraco ponto de luz se movendo lá dentro, vindo de alguma lanterna. Ele se ergueu e deu pancadas no aço sanfonado do portão. O vozerio cessou, a lâmpada foi apagada. Esmurrou o portão até não sentir mais os punhos. Ninguém o atendeu. Com resignação, aguardou o dia se firmar, à espera da chegada dos funcionários e da abertura do supermercado. A normalidade logo se restabeleceria. Nada aconteceu. Acabou subindo a rampa de volta à rua. Um sol indeciso clareou seus braços e ele abriu as mãos, esticando os dedos, algo que não examinava com atenção fazia tempo. A pele estava arroxeada pela sujeira e havia debaixo das unhas restos que preferiu não saber do que se tratava, nem de quem, ou de quando. Tinha comido a matéria completa sobre algum casamento da realeza, três páginas, o gosto de tinta velha ainda persistia na boca. As mãos, mais sujas que o habitual graças à tinta dispersada pelos jornais, pareciam emprestadas de outra pessoa. Não as reconheceu, assim como não reconhecia o restante do corpo após o diagnóstico, num processo que teve seu início no envelhecimento e seu epílogo na doença. Observou o relógio de pulso, nem se recordava mais do objeto que o acompanhava desde a juventude, presente do seu pai, ali estava o relógio, que surpresa. Algumas coisas não mudam, os ponteiros pareciam meio vagarosos. Após dar corda e aproximá-lo do ouvido, percebeu que não se mexiam. Perscrutou os dois extremos da rua até onde era possível enxergar, quem sabe à procura de alguém a quem perguntar as horas, mas não encontrou ninguém à vista, nem sinal algum além da iluminação do poste que permanecia piscando, o que não era bom, pois talvez já não estivesse de serviço o funcionário que devia apagá-lo, por isso continuava aceso. As pessoas passam a vida inteira nas cidades sem se preocuparem com certos assuntos: quem opera as luzes do semáforo e acende os postes; o asfalto e o pavimento das calçadas são substituídos durante a noite e alguém, em outro plano, cuida para que a água flua das cisternas, a eletricidade das tomadas e os boletos se insinuem sorrateiramente por debaixo das portas todos os meses. Mas quem.

Na esquina um homem cruzou a rua acompanhado do cão. Não passou de um relance, o homem empurrava seu carrinho de supermercado seguido do cão, e logo sumiu de vista. Na distância, era possível ver uma ou outra figura hesitante sob a sombra dos edifícios. Compreendeu aquilo como um sinal, não sabia bem do quê, da expectativa de ainda existir alguma vida aqui na terra, talvez, e voltou a descer a rampa do Futurama. Devia sobreviver até o prazo sentenciado pelo médico findar, era isso, precisava comer para cumprir sua promessa. Com a orelha colada ao portão de correr, captou um ruído repetitivo, metálico, e vozes no interior abafadas pela barreira do aço. Espancou e chutou o portão até cansar, o que não demorou a acontecer.

Com a cabeça arriada, ele acordou, trêmulo, e o firmamento azulou e enegreceu. Guinchos atraíram sua atenção. Um rato o estudava, saindo do depósito onde o supermercado abrigava bujões de gás, vinha recebendo muita atenção dos ratos, e se tanta reciprocidade servia para se certificar de que permanecia vivo, também indicava que andava meio por baixo. Seria o mesmo rato ou outro rato aquele. Impossível saber, se algo torna os ratos reconhecíveis é o fato de serem todos iguais. Com resignação, arrastou-se até as floreiras onde tinha passado a noite e se camuflou entre as plantas. Em algum momento alguém devia aparecer, nem que fosse para caçar.

De manhã ele se ergueu e saiu dali, cambaleando de volta pela rampa. No nível da rua, tomou a direção do prédio onde morou nas últimas décadas. Não havia comida no apartamento, mas o dinheiro do colchão seria útil para abrir portões de supermercados. Em sua confusão recente ele tinha possivelmente mudado o dinheiro de esconderijo e esquecido, mas, claro, o furo no colchão não parecia mais tão seguro, era isso, e se esqueceu dele por completo. Com certeza os funcionários do condomínio já deviam ter voltado ao batente. Caminhou alguns metros e se deparou com o carrinho de supermercado tombado bem ao lado do corpo do homem morto. Era o homem de antes, talvez, o que estava acompanhado do cão, só que sem o cão. Examinou os bolsos do morto à procura de alimento e encontrou a fotografia meio roída de uma mulher na janela com o rosto voltado para a paisagem, o vestido e a pose bonitos, árvores ao fundo. No verso, uma dedicatória o fez pensar que aquele ali tinha roído o amor de sua vida. Antes de devolver a fotografia, procurou pelo cão nas proximidades. Não queria ser atacado.

Avançou mais um estirão, através da fumaça que ainda subia da pilha de tijolos no meio-fio. Preferia não ter visto antes, entre outros restos de matéria carbonizada, a chapinha de identificação da coleira do cão. Não foi possível ler o nome. Das cinzas retirou um osso esturricado que chupou em busca de tutano, enquanto prosseguia na direção do prédio.

No trajeto encontrou mais ossos, neles não restava nenhuma fibra de carne. Em frente ao prédio, observou com incredulidade a porta da frente bloqueada por cimento, a entrada para a garagem e as janelas dos andares iniciais obstruídas por tijolos. Deu a volta à esquina para verificar se as entradas dos fundos estariam desimpedidas, chegando a tempo de acompanhar no interior do prédio espátulas sustentadas por mãos que podiam ser vistas somente em parte, rebocando os últimos tijolos nas janelas e na porta gradeada que dava para a área de serviço, tapando a passagem. Não posso mais voltar para casa.

2.
Futurama

A chuva continuou a cair e ele a seguiu, desabando sobre a calçada; no chão se cagou inteiro, uma merda que a água lavou das roupas, endurecendo o tecido, engrossando sua casca. Despertou com respingos sacolejados pelo rato trazido pela enxurrada. Nunca o mesmo rato, sempre o mesmo rato, nascido do ovo do rato anterior. Blocos de cimento e tijolos obstruíam a porta por onde sua filha passou tantas vezes, vinda do cinema ou da escola. Ergueu-se na obscuridade, vendo imagens que não gostaria de esquecer nunca, como o instante em que a filha, pouco antes de completar um ano, se levantou do tapete onde engatinhava e olhando nos olhos dele, sorrindo para ele com a cara iluminada como o sol do meio-dia, aprendeu a caminhar, indo direto para seus braços, algo digno de rever no instante da morte.

Antes de baixar pela rampa de volta ao Futurama, murmúrios chamaram sua atenção à sombra do prédio do lado oposto da rua. Podia ser uma pilha de sacos de lixo, mas se mexeu, desenvolvendo braços e pernas num novelo que se descolou da parede e soltou gemidos. Do novelo, agora mais nítido, emergiram as tetas de uma figura feminina, logo agarradas por dois pares de mãos. Algo naquele vulto, os trejeitos, a maneira de dobrar o pescoço para trás ao abraçar a cabeça aninhada em seu colo, o levou a pensar que era sua filha ali, misturada àquela gente fodendo no ermo da noite que se abateu sobre o bairro.

Ele se adiantou da calçada onde estava, pisando na sarjeta para atravessar a rua. Com o braço estendido e a mão apontada para o outro lado, ainda mancando, avançou — as feridas já não importavam —, filha, ele disse ao avançar, e o ranger da voz enferrujada atraiu a atenção do bando, que se dispersou como membros de um organismo se desfazendo por alguma falha do princípio de coesão a mantê-los unidos, filha, repetiu com o ratear emitido por sua garganta, prendendo pelo braço a mulher até encará-la, e, para seu horror, ao olhar para baixo, descobrir que aquela era uma cópia infiel de sua filha no corpo de um homem. A travesti o empurrou, safando-se. Permaneceu segurando o vácuo por algum tempo, enquanto os demais fugiam, desaparecendo nas esquinas. Ele se dobrou sobre o próprio corpo, golfando fios amarelados. Luzes vindas das janelas do supermercado o atraíram e ele bambeou as pernas pela rampa de acesso abaixo. Dessa vez esmurrou o portão com as forças que lhe restavam, jogou-se contra o aço sanfonado até desmaiar.

Abriu os olhos na penumbra do corredor ladeado por prateleiras que reconheceu como sendo do Futurama. Talvez tivesse morrido e chegado a um paraíso em forma de supermercado. Em seu atordoamento, concebeu um além capaz de se adequar aos desejos do indivíduo ao morrer, onde mortos de fome reencarnavam entre gôndolas repletas de embalagens de comida. Quando retornou ao presente, as prateleiras estavam vazias. A chama tremeluziu no ar e sentiu na boca uma colher com uma papa fria e rançosa, seu paladar já não reconhecia nada além do gosto de sangue dos jornais. Apoiando as costas nas prateleiras, comprimiu os olhos para identificar quem o alimentava. O esforço o devolveu ao chão. Antes de apagar de novo, pensou ter reconhecido a filha entre os rostos à sua volta. A febre cozinhou seu organismo adoecido por uma semana, até voltar a si apenas para se certificar de que as prateleiras do Futurama continuavam vazias.

Quatro famílias de funcionários se abrigavam no supermercado. O líder era encarregado de reposição e levou o pessoal no comecinho da febre. Quando tu deu perdido aí fora nós achou que tu já era, disse o encarregado, tava pegadão de febre. E assim, com a cumbuca de papa nas mãos, soube o que acontecera com o mundo. Enquanto o encarregado brandia o revólver e enumerava desgraças, ele só pensou na filha. Se continuaria viva, onde quer que estivesse. Talvez a febre tivesse cumprido a promessa em seu lugar e o sujeito em questão agora fosse um monte de ossos segurando uma porta. Estudou a cara dos filhos do encarregado e dos demais ocupantes do Futurama, duas caixas e um auxiliar de reposição, os familiares deles, além do agregado, um homem mais velho e de queixo quadrado. Não tardou a reconhecê-lo como o mendigo que sua filha tratava por *vô*, tão loquaz quanto uma esfinge após esgotar todas as perguntas. Ali se abrigaram, graças ao molho de chaves guardado pelo encarregado antes de o Futurama fechar as portas. Quando veio a febre, o encarregado, sua mulher e filhos invadiram o lugar pelos basculantes dos fundos, pois sabiam que os patrões não trocariam os cadeados daquelas janelas, ignoradas pela maioria dos funcionários. Para júbilo da mulher e das três crianças, a maior, o do meio e o caçula, o frigorífico do açougue ainda funcionava graças à espessa capa formada na era do gelo, brincou o encarregado piscando para o caçula, e estava cheio de batatas. Sem energia elétrica o gelo não duraria e as batatas apodreceriam, assim o encarregado permitiu às famílias das caixas e do auxiliar de reposição se juntarem à dele, e um dia encontraram, vivendo na sobreloja, o avô, tão afundado em silêncio a ponto de poder ser confundido com um moedor de carne esquecido ali.

    Às escuras, o Futurama era um labirinto de corredores de cimento que o remetia à viagem feita com a filha ao complexo de cavernas situado num vale distante da cidade, logo após sua separação da mãe dela. A menina andava deprimida com o sumiço da mãe. Durante o dia, através dos basculantes a luz natural iluminava o ar nublado pela poeira das dependências do supermercado, cuja quietude era interrompida apenas de noite, pelas pancadas no portão de aço da entrada e por gritos e lamentos vindos do breu exterior, de onde também chegavam ruídos e estouros. Ele passou a arrastar sua perna ferida pelos corredores, entre bancadas vazias antes ocupadas por berinjelas e cocos. Tinha frequentado aquelas gôndolas desde que a filha era pequena e nunca lhe escapou a ironia do nome do lugar, um supermercado inaugurado décadas atrás, na época em que o centro da cidade prosperava e parecia longe de decair, graças à proximidade da prefeitura e dos bancos. O Futurama se encontrava nos arredores do poder, segundo se dizia, até o poder se transferir para áreas mais ricas. Restaram os antigos clientes nas filas das caixas, abandonados, roendo bananas às escondidas, em refeições às custas do supermercado que lhes vendeu o futuro em letras de neon, velhos com produtos furtados nas sacolas, mortos de fome sustentados por aposentadorias cadavéricas, viúvas em busca de algo macio e grátis para engolir, acumuladores de lixo doméstico e objetos anacrônicos, como ele próprio, quando envelheceu e continuou a comprar naquele lugar, aonde iam os que podiam ter sido mas não chegaram a ser: o futuro foi tão veloz que os atropelou ainda no presente. Nos últimos tempos o supermercado lutava contra a falência.

Agora, metamorfoseado pela doença numa sombra esverdeada, ele era o responsável pelo tonel de urina. Com a falta de água, os habitantes do Futurama adaptaram o reservatório para ferver a urina recolhida em baldes; o que restava do líquido era filtrado pela tela reaproveitada de um refrigerador improvisada em peneira, eliminando a ureia. Desenvolveram o processo sob orientação da filha da caixa do supermercado, a jovem química.

Nos fundos do prédio corroído pela umidade, ele rachava prateleiras a machadadas, depois usava a lenha para alimentar a fogueira sob o tonel. Sentado ali, com a cara abrasada pelas chamas, ele se enraivecia com a esperança cada vez mais vaga de cumprir sua promessa, àquela altura o sujeito em questão também podia se encontrar a salvo da lei, algo tão frágil, afinal, a calamidade dá seus primeiros sinais no esfacelamento da justiça. Iria embora assim que a perna sarasse. Procuraria o sujeito em questão na zona oeste. A vida daquele sujeito era uma sucessão de golpes dados na região, onde devia ter submetido muitas outras àquilo mesmo que fez com sua filha. Por isso talvez já não estivesse vivo, naquele momento a cara do sujeito em questão podia estar afogada na poça do próprio sangue graças a um pai mais destemido, um pai não tão covarde quanto ele, com a força necessária para fazer cumprir antigos preceitos. A urina era despejada pelo cano do reservatório no tonel, provocando um turbilhão; enquanto girava a pá, ele se perdia nas filigranas de luz girando no fundo.

Ao atiçar a fogueira, estudava o avô em sua tarefa de montar armadilhas para animais. Em rigoroso silêncio, o avô distribuía seus artefatos maquinados a partir de gaiolas de pássaros adaptadas com mecanismos de fechamento automático, redes e alçapões que dispunha nos cantos mais remotos do supermercado, áreas onde antes se produziam alimentos, como a cozinha industrial e os fornos da panificadora, quase inacessíveis, a não ser aos roedores que ali encontravam restos de grãos para se alimentar. Qual um anacoreta, o avô se isolava no topo dos armários, nos forros e nas vigas do teto, vigiando sua rede de armadilhas. Sumia por horas, era rastreado somente devido ao clique-claque das armadilhas sendo acionadas ao longe. Quando voltava, trazia os bichos estripados. Aquele mendigo devia ter comido rato a vida inteira.

Logo no início, quando uma vez o avô se ausentou além do esperado, foi recebido pelo encarregado com xingamentos e empurrões. Sua bichona, disse o encarregado. O avô não retrucou e prosseguiu mudo, arriado no chão. As carcaças foram levadas ao fogo e o encarregado ia repartindo nacos da carne entre a família de uma das caixas, com quem vinha dividindo o catre sem que sua mulher demonstrasse contrariedade alguma, abocanhando pedaços maiores e só depois dando de comer aos próprios filhos. Quase no final da refeição, as sobras do caldo de batata foram entregues ao avô e aos mendigos recebidos nas dependências do Futurama sob condição de trabalharem nos mecanismos bolados pela jovem química, a filha da caixa, e pelo encarregado, um homem à moda antiga, vigoroso e empreendedor, aquilo que se denomina um bom pai, mecanismos esses que viriam a promover a subsistência do grupo, era o que o encarregado alardeava de boca e peito estufados.

Quanto a ele, recebeu a cumbuca já compartilhada por vários recém-admitidos e no fundo só restavam cascas boiando no caldo turvo.

Passou a auxiliar o avô nas caçadas. Temia ser um estorvo pois a doença o enfraquecia, algo que o avô tinha compreendido ao vê-lo absorto diante da espiral de urina ou cochilando entre seus turnos no tonel de reciclagem. Como o encarregado andava exibindo sua arma com frequência, à medida que aumentava a população interna daquilo que chamava de *fábrica*, ele achou por bem se beneficiar das incursões do avô aos confins do terreno.

Observava seu comportamento arredio ao criar armadilhas que variavam de arapucas a alçapões, disparadas por mecanismos tão intrincados quanto o de pequenas máquinas, levando longos minutos até atingirem seu propósito de providenciar alimento. Sempre à parte dos demais, nos recantos de caça que ia aprendendo a cultivar conforme a sazonalidade de reprodução dos bichos, nas lajes de concreto quase encobertas pela vegetação, o avô se despia dos trapos e andava como se recém-chegado ao mundo, por onde ervas daninhas e parasitas se estendiam dos galhos das árvores ao redor do edifício e se espraiavam pelo interior do Futurama. O aumento da população dobrou a demanda por carne e o avô esculpiu uma lança potente a partir da madeira retirada da escrivaninha da administração, umedecida e lustrada com zelo pelo antigo contador com algum tipo de óleo que a preservou.

Ele sarou dos ferimentos e chegou a pensar que também tinha se curado da doença, só que sempre existe uma ferida que nunca fecha direito. O avô, ao perceber seu suplício, ao compreendê-lo como um inconsciente, alguém desavisado da sua condição de passageiro nesse purgatório, passou a assar o fígado dos animais em buracos cavados na parede, a fim de distrair a vigilância do encarregado, nichos ardentes no panorama negro da noite do Futurama, o cheiro de churrasco que os capangas supunham vir do exterior do prédio ou dos próprios desejos, das fantasias de sua própria fome. Ao mastigar a carne, ele lembrava que a filha reconheceu o espírito piedoso do avô desde a primeira vez que o avistaram, sentado na rampa de acesso, pintando as unhas das mãos de vermelho e usando um bustiê sobre o torso seco e distendido feito um pau.

Um dia o avô voltou com os lábios pintados, carregando a caça e uns talos de mato dos quais extraiu um chá amargo, levando-o a rir de novo do mundo dos mortos e a mancar entre os vivos. Ele passou a enxergar naquele miserável um aliado, algo que nunca imaginou, não passava de um mendigo. Quem visse o avô saindo do matagal dos fundos do Futurama quase inteiramente nu, exceto pelo trapo lhe envolvendo o sexo, nas mãos a lança e a carcaça do tamanho de um cão mediano com sorriso congelado pela morte, poderia pensar que via um fantasma de outro lugar, o espírito de outro tempo.

Vai saber o que mais os esgoto carregou pra cá, aonde vai a presa o predador vai também, arrastando outro predador maior ainda no encalço. O avô falou isso na língua embrulhada dele, com seu vocabulário fossilizado que só podia ser intuído, não entendido de todo. Ele, porém, o ouviu e compreendeu na primeira audição, enquanto o avô desentranhava o bicho e dizia que apesar de tudo continuavam vivos, os cães, aquele ali um dia tinha sido vira-lata, mas ao se embrenharem no subsolo do Futurama para sobreviver, viraram outro animal mais incompreensível que o vira-lata, e mais veloz que o vira-lata, mais peludo e mais cruel. A partir daí talvez ele já não entendesse as palavras tão singulares do avô, talvez não as intuísse mais e só passou a imaginá-las.

Na carcaça espetada pelo avô sobre tijolos de onde saía uma fumacinha sugada pela claraboia, ele reconheceu um vira-lata em plena disparada acima das brasas, corria da vida em direção à morte. O avô despedaçou o cão e lhe estendeu o quarto traseiro, a melhor parte. O gesto o comoveu, mas a carne o enjoou: enquanto a realidade encolhia e regredia, algo se avolumava nas suas vísceras, no de-dentro que não compreendia o espírito, com a gravidade e o peso de um tumor. Esse daí não precisa mais fugir das armadilha, disse o avô, tá liberado. Dependuraram as ratazanas nos varais onde salgavam a carne. Depois as acondicionaram nos embornais e rumaram aos mecanismos, de volta ao domínio do encarregado.

Peões se dispersavam na fumaceira retida pelo teto do pavilhão, sob ordens da jovem química. Ele os aguardou se enfileirarem à espera da ração servida nas cumbucas e só então reviu, na guarita de segurança, através das janelas baças de gordura, a silhueta da jovem química recortada pela chama da vela. Com ar pensativo, supervisionava o trabalho. Na fila dos miseráveis, aquela silhueta passou a ser a da filha extraviada nas montanhas, no oceano, no mundo inatingível, talvez na companhia de amigas que a abrigassem — era o que ele desejava com toda a força —, quem sabe ainda no albergue onde se escondera a fim de se recuperar daquilo que lhe aconteceu. Desejou que a filha tivesse encontrado a paz: porém que continuasse viva, nunca a paz final, que ela continuasse viva.

Foi servido do caldo turvo, umas coisas vivas se mexiam no fundo do plástico. Pelo menos estava quente. Os peões iam se acomodando em meio ao maquinário, acocorados em cima do ferro-velho a ser reaproveitado nos mecanismos. Ele se juntou a eles. Eram gastos e mal podiam falar, comunicando-se numa língua da qual captava não mais que estilhaços, é zica engolir essa lavagem, disse um deles sentado na betoneira, ao que outro assentiu enquanto sorvia, apenas acenando seu asco com o cenho franzido, tapando o nariz. Nós precisa é vazar daqui, continuou o primeiro homem, e murmúrios se alastraram em resposta, vindos dos trilhos recém-instalados na laje ocupada pelos mecanismos, em concordância ou não, causando no segundo homem, o calado que seguia de boca cheia, nova expressão de repugnância.

Saído da guarita, o encarregado veio na direção dos peões que se dispersavam entre os corredores, enquanto ele claudicava ao se levantar, apoiado na perna coxa. O almoço lhe causou uma azia que se somou à náusea. O encarregado cruzou seu caminho, pregando-lhe um tapa na orelha. Ele se sustentou nos joelhos e sentiu a mão do avô na gola junto da nuca, guinchando-o para longe do castigo. Ao se mexer, a coronha branca de madrepérola brilhou contra a roupa preta do encarregado ainda desperdiçando tapas no vazio, como se afugentasse uma mosca. Ambos se afastaram sob os olhares ressentidos do patrão.

Avançaram entre os homens em torno do dínamo feito com um gira-gira de parque infantil. A eletricidade era conduzida através de cabos arrancados da fiação dos postes aos mecanismos que se estendiam pelo setor. Ao subirem as escadarias até as vigas do teto, um atalho para atingir o matagal dos fundos, contemplaram o pavilhão. Foi possível dimensionar a planta de uma fábrica remetendo a outra, um dia visitada por ele na periferia da cidade, num subúrbio infestado de ferro-velho e tétano, mas aquela produzia carros, atendia a um propósito, e agora não sabia o que determinava o movimento repetitivo dos homens-formiga abaixo e o que era trazido pelas esteiras de borracha, qual seria sua serventia. Quem seriam as crianças a ser gestadas para depois venderem e comprarem aquilo, comprarem e venderem. Precisariam de crianças para o mundo seguir girando. Ao observar a estrela embaçada pela gordura na claraboia do teto, confirmou que a noite seguia pulsante do lado de fora, enquanto luzes geradas pelo dínamo mantinham o setor dos mecanismos imerso num só dia perene.

Prosseguiram através das vigas, equilibrando-se no caminho sobre a estufa e o laboratório, acima das linhas de produção, da serralheria e de uma confecção onde mulheres costuravam macacões dos operários. Caldos de aparência desmaiada borbulhavam nos panelões da cozinha, o avô apontou na bancada entre as serras e máquinas de moer o lote de carne recém-trazido. Três açougueiros despedaçavam as carcaças e as dispunham em ganchos que eram levados para o interior da câmara frigorífica. O próximo passo do encarregado talvez fosse levantar currais para acondicionar vira-latas, daí à pecuária e ao abate. Em algum momento os animais iriam escassear e os dois teriam de arranjar outra função. Poderiam criar ratazanas em gaiolas.

Na clareira do matagal dos fundos, ele se deitou enquanto o avô esvaziava alforjes e observou uma nesga de firmamento na rachadura do telhado de zinco. Se tivesse meios de alcançar aquele ponto do telhado, a rachadura poderia ser arrombada para caber nela o corpo de um homem. Mas não tinha cordas nem roldanas, acabaria morrendo na queda. Não deixava de ser um tipo de fuga: estaria liberado. O avô o escutou, quase não falara desde a chegada ao Futurama, foi a primeira vez que mencionou a doença. Tinha algo a fazer. Os minutos estavam contados para ele e não podia desperdiçar nem mais um segundo com os planos do encarregado. Precisava cair fora, mesmo desconfiando que fuga de mão de obra não era uma coisa prevista no organograma da fábrica. Retomaria o apartamento para que a filha o encontrasse ao voltar. Mencionou a filha. Achar o maço de dinheiro extraviado seria fundamental para seguirem em frente. Falou da filha várias, muitas, repetidas vezes.

Enquanto o escutava, seu companheiro fazia gestos de discordância, uma cara de pena. Duvidava de tanta ignorância acerca do lugar onde se encontravam, da sua perambulação de fantasma faminto. Nem esquenta mais com dinheiro, disse o avô, isso já era. Até aquele momento não tinham trocado muitas palavras, mas agora o avô talvez soubesse que aquele ali ainda insistia em falar a língua dos vivos. Ainda tinha muito do que se desapegar. Ele se recolheu ao canto da clareira onde o avô acendeu o fogo, seus pensamentos vagaram do apartamento à filha perdida.

Adormeceu um sono pacífico e despertou quando a fogueira já se resumia às fagulhas que subiam, levadas pelo vento incompreensível batendo naquele lugar fechado.

O avô dormia em seus trapos, ainda era madrugada. Pela fresta no teto de zinco se projetava um brilho azulado sobre as folhagens, em movimentos ondulantes e vivos. O planeta respirava, os seres se aninhavam numa realidade antiga, a noite ocupou o ermo. Da vegetação saiu o brilho de um focinho úmido, o que o levou a sentar. Com passos desconfiados, o cão emergiu da profusão de plantas e se aproximou com patas tão leves que pareciam temer causar algum dano ao mundo onde pisavam. Estacado diante dos restos da fogueira, o cão farejou o ar, olhou nos olhos dele sem manifestar reação, como se não o visse, e seguiu caminho. Ele voltou a se recostar, enquanto a luz que parecia vir da lua mudou de ângulo até sumir de vez. Nas suposições daquela noite não estava mais enfermo.

Despertou com clangores das armadilhas de ferro sendo engatilhadas pelo avô. Tinham sido distribuídas pelas sendas do matagal dos fundos e agora deviam averiguar o saldo da noite. Não foi preciso caminhar demais, logo na primeira encontraram o cão ao pé da fogueira, e ao vê-lo novamente, lamentou não ter sido dentro de uma ilusão. O avô livrou o animal e o pendurou pelo cangote no gancho preso na árvore, correndo a lâmina de sua faca num corte do pescoço à genitália, que despelada lhe pareceu uma estranha flor canibal. O couro se soltou inteiriço feito a casca de uma laranja. Ele se afastou, ao ver a ducha de sangue que jorrava na bacia sob o cadáver e ouvir as notas musicais emitidas pelas gotas atingindo a borda de alumínio. O verde da vegetação se misturou ao amarelado do vômito num turbilhão.

Quando voltou a si, o branco da barba do avô estava salpicado de sangue, e os dentes sorriam ensanguentados. No gancho, o cadáver repuxado pelo peso também exibia um sorriso ameaçador. Não tardou e a paleta bem passada do cão lhe amenizou o conflito.

Ao mastigar o músculo, procurou não pensar no que a filha estaria comendo, se teria o que comer onde estava, ou mesmo se estaria em algum lugar. Afugentou a hipótese com um tapa desferido contra a própria cara. O saldo da caça era positivo, as ratazanas não paravam de se reproduzir, pareciam maiores e mais gordas do que antes. É só cozinhar com umas batata, disse o avô, um rato enche o bucho de quatro peão.

Enquanto recolhia as presas das armadilhas, ele pensava no que as ratazanas andariam comendo, estavam realmente enormes. O que ainda poderia existir lá fora para ser comido, na cidade de onde o Futurama tinha se apartado, e o que comeria aquilo que era comido pelas ratazanas, e o que comeria aquilo outro que era comido pela comida das ratazanas, e como aquilo tudo, aquela cadeia alimentar formada por alimentos ignorados, acabava chegando ao seu próprio estômago.

Ele observou o avô sorvendo o último gole do sangue do cão, que tinha comido ratazanas, mas e se o alimento de cães e ratazanas fosse outro, algo que àquela altura já não comesse mais nada, algo com a cara de sua filha, que afastou do pensamento com uma beliscada na pele do antebraço que avermelhou, rediviva, logo voltando à sua esverdeada cor de cadáver.

Assim que o avô encheu os embornais com a caça, enveredaram pelo matagal em direção à escada subindo até as vigas do teto e através delas ao setor dos mecanismos, onde operários prosseguiam seu expediente sem descanso. Do alto se pressentiam os ciclos de sexo, morte e devoração dos animais sob o tapete vegetal encobrindo o pavimento dos fundos do supermercado e ele pensou nos homens, em como tais ciclos continuavam a se perpetuar nos desejos dos homens.

    O avô saltava de viga em viga, as alças dos embornais de través nas suas costas desnudas. À medida que avançavam, perscrutavam no panorama abaixo o movimento nas linhas de produção. Estacaram ao avistar o encarregado arrastando pelo braço uma operária descontente, debatendo-se com ferocidade. O encarregado puxava o braço dela com força em direção ao matagal começando ali, na borda do setor dos mecanismos. Pelo marrom encardido do uniforme, vinha arrastada desde o roçado do Futurama. A mulher continuou a reagir e o encarregado apontou o revólver para ela. Sumiram na vegetação.

    Ele ameaçou se lançar sobre o encarregado, sendo contido pelo avô. A queda o mataria, também à operária. Ele tentou se desvencilhar do avô: desceria pelo acesso ao setor dos mecanismos, chegando a tempo de impedir o que aconteceria à operária, o que estava acontecendo, o que já havia acontecido. Ele esfaquearia o encarregado, depois usaria o porrete, a barra de ferro, o revólver que tomaria dele para fazer o que devia ser feito, o cano, a alça de mira que rasgaria o reto dele, do encarregado.

O avô o prendeu com um abraço que também era de reconforto, pois entendeu que delirava, para ele a mulher lá embaixo não era uma estranha mas a filha sumida, o avô percebeu isso só de o abraçar, de sentir sua inhaca de medo. Apontando para as bandas da guarita, mostrou o grupo de capangas vigiando as linhas de produção. Um deles aguardava na beira do mato, lançando olhares esporádicos para o lado onde o patrão tinha sumido com a operária, coçando a virilha enquanto brincava com a carabina.

Após entregarem a caça no frigorífico, os dois caminharam entre operários captando o zum-zum de insatisfação, rumores trazidos por recém-admitidos. Nenhum deles pertencia à vizinhança, não entendeu bem o que diziam. Falavam outra língua, gírias de criminosos e vagabundos, sempre a mesma língua inepta dos pobres. Não tinham comida, milícias andavam matando os que sobreviveram à febre, uma guerra se desenrolava no subúrbio, era isso, a lei do maior cão, do que tinha mais dentes. Ouviram falar do Futurama, do trabalho nos mecanismos, da diligência do encarregado. Era dureza, mas pelo menos agora tinham o que comer.

Patrão demais de exigente, só que justo, até a molecada conseguiu serviço, disse a mulher de boca triste, sem os dentes da frente e maquiagem borrada, tão limpando lá dentro pras fornalha funcionar. Olha, e ela apontou as crianças surgindo pelos cantos da cozinha feito baratas no calor, saindo dos bueiros, crianças de quem só dava para reconhecer os olhos amarelados, impossível identificar se brancos ou pretos, tinham o corpo encoberto pelo picumã do interior das chaminés, eram como fumaça que se solidificou. O prédio ocupado pelo supermercado foi uma fábrica no passado, na lateral do terreno despontavam duas chaminés. Exaustas e curvadas, as crianças eram pequenos pontos de interrogação no final de uma pergunta sem resposta. Só podiam ser órfãos, nenhum pai admitiria a exploração dos filhos daquela maneira.

Considerou se a filha estaria entre elas, mascarada pela graxa, disfarçada de fuligem. Mas sua filha não era mais criança, ele disse a si mesmo num quase sopro, expulsando a cisma, a filha dele já era grande e seguia desaparecida.

No meio dos operários girando o dínamo, a satisfação dada pela comida já parecia minguar. O funcionamento dos mecanismos dependia da energia elétrica gerada pelo dínamo, e os operários atrelados ao seu funcionamento só recebiam breves instantes de folga, tão insuficientes quanto as refeições. Agachados na fila do revezamento, estavam homens e mulheres em vias de se desfazer, olhos e cantos da boca meio que escorriam da face, levando junto sua humanidade. Ao passarem por eles, um homem da fila tocou o braço do avô pedindo o que comer. Os demais se uniram ao pedinte e o avô retirou do embornal um naco de carne-seca, acenando que deveria ser compartilhado mas sem alarde. O avô resmungou que poderiam ser castigados por causa daquele gesto. A carne devia ser entregue para o encarregado e aquilo seria visto como desobediência. Conscientes do perigo, os peões esconderam o naco a fim de não chamar a atenção da vigilância.

Sentiu incômodo com o cuidado de homens e mulheres na fila do revezamento, pois o mundo se reorganizava sob princípios que já não o incluíam. Como todo enfermo, sofria de um tipo de regressão que o devolvia à infância: desde o diagnóstico, gostaria de ser mimado como criança, tendo alguém ao lado que fizesse isso em seu lugar. O avô vinha cumprindo esse papel, ao tutelá-lo nas caçadas. O ensino do uso das armadilhas, o aprendizado da caça com a lança, de como estripar ratazanas e vira-latas, isso o estava curando, sentia mais disposição e perdeu peso, apesar de não saber se o emagrecimento resultava da movimentação ou da doença. Não tinha mais os remédios, era impossível obtê-los naquelas circunstâncias.

Os dias avançavam para trás no interior do Futurama. A incerteza alimentava o desejo de sobreviver. O inferno devia estar abarrotado de médicos que cometeram erros, podia ser a sua sorte. Assim, tratando de se comportar como a vítima recuperada de um equívoco, obteria o tempo necessário para corrigir seu fracasso moral como pai, obedecendo ao código de honra da tribo, encontrando o sujeito em questão para o despachar da companhia dos homens. O passo seguinte seria encontrar a filha e talvez só dessa maneira voltasse a não se sentir desconfortável diante de um ato de generosidade, embora nunca tivesse feito parte de nenhum grupo, nem da horda de fustigadores, muito menos do exército da salvação. Desprezava os dois times.

Afastado dos mecanismos, vagou pelos corredores do setor oeste. Lembrou de ter passado por ali muitas vezes de mãos dadas com a filha e depois de braço dado, até ela atingir a idade de não querer mais acompanhá-lo. O que não mudou, nem após a filha se tornar adolescente, foi o motivo de irem àquele setor do supermercado, o cereal de que ela nunca deixou de gostar, ainda que já estivesse mergulhada na fase da cerveja com as colegas do ensino médio, talvez porque, mesmo com seu futuro se aproximando, trazendo ilusões que ela alimentava, ilusões engordadas pelo Futurama, receava perder a memória da infância.

Os armários agora não passavam de esqueletos metálicos, sem as prateleiras retiradas para alimentar o forno, e só não desabavam por alguma falha insondável na lei da gravidade. O mundo ainda não tinha apagado por completo suas lembranças e os ouvidos dele passaram a escutar as canções da rádio que o sistema de som do Futurama tocava, lembrando de uma vez em que ele e a filha cantaram uma delas, cuja letra falava da impossibilidade de o tempo voltar atrás e que o presente escorria pelos dedos das mãos. Topou numa pilha de restos de embalagens, tubos e carcaças de computadores. No interior de um monitor arrebentado, encontrou uma lata do achocolatado de que sua filha gostava, o rótulo estava desgastado e o prazo de validade vencido, mas a tampa continuava intacta e ele a rompeu, após hesitar um pouco se o guardava para dar a ela quando se reencontrassem. Estava esbranquiçado, sem nenhum gosto que remetesse à lembrança da filha, e ele encheu a mão com o pó da lata e o deixou escorrer entre os dedos.

A luz chegava àquele setor do supermercado filtrada pela sujeira nos vidros das claraboias, fornecendo às coisas concretas uma aparência imaterial. O avô apareceu do meio dos corredores com sua cara de pedra, parecia o tubarão de quatrocentos anos de idade de um documentário da tevê, o vertebrado mais velho da Terra; contudo esse vertebrado, o avô, ao contrário do tubarão, trazia notícias fresquinhas, ainda que numa língua interrompida, mascada, de tubarão, quase incompreensível aos humanos. O pessoal se juntou pra fazer greve, disse, o encarregado meteu chumbo num peão.

Atravessaram corredores em ruínas, entre pedaços de armários ainda com anúncios de produtos colados, tabuletas com marcas de alimentos cujo gosto só permanecia agora na mesma área da memória onde ficavam outras coisas em vias de desaparecer, como a última lembrança que guardava da filha e as palavras dela naquele encontro, no qual ele firmou a promessa e ela o informou de que um só ato de violência causa uma reação em cadeia, fazendo a sociedade retroceder à barbárie. Na ocasião ele pensou que a filha estava abalada demais para dizer aquilo, eram os efeitos da violência que ela sofreu. O avô e ele entraram na franja úmida do matagal dos fundos.

O ruído das pegadas na relva não encobria rumores vindos do setor dos mecanismos, misturados aos estampidos que iam diminuindo conforme avançavam e a vegetação engrossava ao redor. A proliferação sem controle dos arbustos no setor onde antes se vendiam plantas ornamentais atribuiu àquele ermo do supermercado uma aparência de reserva natural, de um parque diminuto onde espécies vicejavam, e à medida que avançaram o avô se despiu dos trapos, como sempre fazia ao entrarem no matagal, dependurando as peças nos galhos do percurso. Ele o seguiu com dificuldade, a dor no flanco o atrasava nas caminhadas mais rápidas, topando nas raízes que irrompiam do pavimento.

    O avô escalou um tronco e ele o imitou até darem num desvão entre as vigas e o teto, disfarçado pelas folhagens em xaxins suspensos por correntes presas à laje superior; o emaranhado de plantas impedia que o esconderijo fosse visto de baixo, por quem estivesse no térreo. Ao entrar, afastando samambaias com os braços, havia gaiolas com bichos e lanças encostadas na parede, além das pessoas agachadas ao fundo. Reconheceu a jovem química diante do rapaz estirado, sua pele coberta de suor adquiria o tom da chama do único toco de vela aceso. Ela limpava a pele enegrecida pela pólvora no entorno do ferimento no abdome do prostrado, que gemia com um graveto preso entre os dentes. O avô estendeu a garrafa plástica para a jovem química e ela despejou parte do líquido em cima do buraco de bala, formando uma espuma branca sobre a carne dilacerada.

    Quando o líquido penetrou o ferimento, o baleado esbugalhou os olhos brancos e ficou sem piscar por alguns segundos, sua cabeça pendeu para o lado, a baba escorrendo do beiço vacilante, enquanto revirava as órbitas. A jovem química, o avô e ele se aproximaram para ouvir seus resmungos.

    Minha mãe ensinou a não chegar perto das pomba que infestava as calçada da cidade, bicho imundo, assim ela ensinava, é ratazana de asa, minha mãe dizia, demais de nojenta porque se banha nos esgoto e nas fossa, depois sai batendo asa e espalhando merda pela cidade, cagando na cabeça das pessoa a merda infecta delas, ela dizia, até que um dia eu cacei uma pomba e depenei, eu era um menino, tinha muita pomba onde a gente vivia, pertinho do largo da igreja onde ficava cheio delas, e se o padre não matava era porque deus gostava delas e se amava elas, era porque elas eram boa, e se eram boa também deviam ser gostosa e eu matei uma com uma paulada, mas podia ter matado um monte, tinha pomba pra caramba ali perto de casa, no largo da igreja, e hoje não tem mais, não tem pomba nenhuma e a gente morre de fraqueza com a comida que a chefia dá pra gente, é isso, e quando minha mãe chegou em casa com a cara de quem volta do trampo, lá das aula na escola, e me encontrou com a pomba depenada na cozinha, ela me surrou, me bateu com a alça da bolsa, ralhando que eu era pior que as pomba, mas eu só queria deixar a janta pronta pra ela que andava cansada depois que meu pai sumiu, ela disse que eu era uma peste e ia acabar doente e era bem feito, e eu respondi que nem meus colega da escola ensinou, vai beijar o cu do prefeito, eu falei e pronto, e hoje em dia não tem mais pomba nenhuma e a gente só rala e rala pra jantar sopa de rato e ninguém fica doente, só fica porque trabalha demais e não tem mais pomba pra comer, doente que nem minha mãe, que morreu da febre e por isso a gente tem que fazer greve mesmo, mas não greve de fome porque isso a gente já tá até meio que fazendo.

O corpo do baleado estremeceu depois de um suspiro encerrado num estalido semelhante ao de uma lâmpada queimando. A jovem química disse que o rapaz delirava por causa da febre. O avô retirou a garrafa das mãos dela que tremiam e a jogou para cima das tralhas. Os três vivos ali no desvão imitaram o morto e aquietaram por algum tempo, mas não pelo mesmo tanto que o baleado. No silêncio, a barriga do morto roncou e depois o morto soltou uns peidos. Ocasionalmente, um morto pode fazer mais barulho que muitos vivos.

De longe vinham protestos dos grevistas misturados a outros ruídos. Ele olhava a cabeça prostrada da jovem química sentada no piso, seus braços apoiados nos joelhos e via nela a própria filha nos dias que se seguiram àquilo que lhe aconteceu. Sentada assim, era escrita a filha da última vez que a encontrou no jantar, como foi mesmo a frase que ela sussurrou em seu ouvido, somente o homem livre pode compreender toda a violência num único ato de violência, acho que foi isso que ela disse ao se despedir, e quando a filha partiu ele ficou com a tigela de cozido nas mãos, o calor da tigela esquentando a palma das mãos, depois olhou pela janela como se procurasse alguma coisa que tivesse perdido para sempre, algo que lhe foi arrancado à força.

A jovem química tinha recebido um recado da vida através do estouro da greve e do assassinato do rapaz, por quem se sentia responsável, um recado que exigia decifração. Seduzida pelo empreendedorismo do encarregado, quis apenas contribuir para a sobrevivência de todos. No entanto, o que resultou foi a repetição de um velho processo de exploração, os operários dos mecanismos se cansaram das más condições, da falta de garantias, da alimentação servida nos raros intervalos do expediente. Posando de salvador, o encarregado admitira a entrada dos mendigos, vagabundos e desabrigados no Futurama, mas somente com a finalidade de restabelecer a energia elétrica e o reúso da urina em água potável, queria até as fezes deles para usar como implemento agrícola. Não demorou e os operários entenderam que eles entravam com a estafa, enquanto o encarregado ficava com o lucro. A jovem química tinha consciência do seu papel na pantomima, tão crucial quanto o dos capangas. O trabalho dignifica o homem, dizia o patrão, dignifica uma ova.

Enquanto a ouvia parado perto da entrada, olhando as palmas das mãos e sentindo nelas ainda o calor da tigela, ele espiava de relance o mato que se espalhava lá embaixo até o setor dos mecanismos, de onde ainda chegavam estouros abafados. Era incompreensível a força do mato encobrindo a pavimentação como se desejasse apagar os vestígios da cidade.

Os tubérculos e parasitas se enraizando pelos esgotos até irromper pelos bueiros eram impulsionados pela mesma força que lhe entranhou o tumor: em algum momento os tentáculos do tumor, como aquelas raízes, acabariam saindo por seus olhos.

A realidade dos fatos o desligava da tragédia se desenrolando diante de seus olhos e ele agia como o espectador de filmes em videocassete que sempre foi: recuperado apenas em parte, arrastando ainda a perna manca, precisava escapar do Futurama e encontrar a filha. O sujeito em questão se insinuou sorrateiro no filme da sua cabeça, uma sombra se deformando na parede interna do seu crânio.

Erguendo a voz, a jovem química disse que estavam sendo explorados, o encarregado não cumpria o que prometeu: se não ceder aos nossos apelo, o melhor é fugir e arranjar outro serviço, ela disse, olhando o cadáver do baleado. Não trabalho pra quem tem as mão suja de sangue. Ele a acompanhou com certo entorpecimento; chegou a experimentar a vida corporativa num passado meio borrado àquela altura, após tantos anos como autônomo. Não lembrava de algum dia ter trabalhado para um patrão cujas mãos estivessem limpas. Era um banda-forra, um escravo que comprou ao senhor sua liberdade parcial aos domingos. Durante a semana traduzia textos alheios, mas no domingo cultivava seu roçado inútil, sua lavoura de pragas. Não sabia como ajudar agora. De acordo com a natureza do seu ofício, poderia coordenar a edição de uma publicação sindical, algo assim. Isso, um jornal operário. Minha contribuição para a causa. Ele observou o avô se agachar e reunir as armas. Redigiria artigos cortantes contra a opressão. Com as costas da mão na testa, verificou se a febre tinha voltado. A jovem química perguntou ao avô o que fazia, recebendo um grunhido como resposta. Com as armas no alforje, o avô baixou do esconderijo no desvão e desapareceu no matagal. Ele se percebeu a sós com a jovem química e o cadáver, para o qual olharam com desalento como se o aguardassem abrir a boca e soprar uma solução, mas foi ela quem acabou falando: eu nem estudei química, ela disse, só sei uns truque que aprendi no secundário. E o silêncio sem respostas do morto enfim prevaleceu.

Apurando a audição, ele se esforçou para captar algum ruído corriqueiro da cidade que ainda existia ao redor do supermercado, tentando ouvir o sino da capela perto da esquina ou o ruído das betoneiras, furadeiras e britadeiras, qualquer sinal que comprovasse a cadeia das mãos humanas por trás deles, pondo a cidade em movimento, acendendo postes, mas não escutou nada. O que mais o apavorou foi não escutar os aviões que pontuavam o firmamento, em particular o avião de sua filha, que nunca atrasava e por meio do qual eles regulavam os ponteiros do relógio de pulso todas as noites. Aquele vazio tinha outro encoberto, um vazio enorme e inquietante, o da ausência de gente, dos donos das mãos que operavam sinos, betoneiras, furadeiras, britadeiras e aviões, dos milhares de pessoas que atravessavam os céus em seus assentos exíguos a bordo das centenas de aviões chegando e partindo da cidade de minuto em minuto. Do fundo daquele deserto se projetou uma pergunta que aos poucos foi se desenhando na mente dele, outra pergunta sem resposta: dentre todas aquelas pessoas que tinham desaparecido, onde estaria a minha filha.

A jovem química fechou os olhos do morto com um gesto tão delicado que pareceu não querer despertá-lo. Ele voltou a sentir dores no abdome e a cuspir sua porquice. Ao ver a poça amarela no chão, a jovem química falou da febre e perguntou se ele a tinha, a febre. A resposta dele foi interrompida pela chegada dos operários trazidos pelo avô. Não desejavam que a morte do rapaz fosse em vão, mesmo morto deveria seguir servindo à causa. Soltas no ar, as palavras deram lugar à movimentação para retirar o cadáver do esconderijo e levá-lo até o piso inferior.

O cortejo atravessou o matagal dos fundos em sentido aos mecanismos, com o morto nos ombros, um avançar arrastado e espinhoso. À frente, os cachos da jovem química se prendiam nos ramos, atravancando o caminho. O avô se adiantava ao grupo, alerta contra prováveis capangas à frente. Ao atingirem o mecanismo do dínamo, onde se reuniam os grevistas em assembleia, discutindo qual rumo tomar, o cadáver aumentou a comoção: mártir, a alcunha se alastrou pelas bocas dos homens em grupos ao redor das fogueiras.

A jovem química substituiu a dona de boné e avental que discursava em cima do caixote e determinou o que deveriam fazer. O bando ergueu o cadáver do baleado e soltou um urro, mártir, marchando em direção à guarita e ao mecanismo central do Futurama. A visão o lembrou de uma pintura representando grevistas, mineradores do século retrasado que reviviam ali naquela cena. Ele se sentiu integrante de uma peça teatral, alheio à sua vontade, e com salário atrasado. O expediente e a vigilância dos capatazes eram brutais. Horas extras não vinham sendo convertidas em doses de ração. A mão de obra era supérflua, só a morte aposentava. O cartão de ponto ditava o ponto-final. Não haveria futuro se o presente não fosse tomado à força, a multidão bradava ao invadir o canteiro do mecanismo do dínamo. Homens e mulheres tinham macacões puídos, a cara tão coberta de graxa a ponto de não sobrar pele à vista. Dentro de um macacão enorme, um garoto era devorado pela própria roupa, faltando apenas a cabeça e os braços abertos ao alto para serem engolidos.

Ele reconheceu a advogada de sua filha entre os rostos, talvez fosse ela, e como ter certeza, a encontrara pessoalmente apenas em duas ocasiões. Aos gritos, a mulher que se parecia com a advogada da filha incitava os manifestantes, ombro a ombro com a jovem química. Ele seguiu na direção dela, pensando que enfim obteria notícias da filha, lá estava a advogada dela.

Acenou para a advogada, sendo engolfado pela massa, pelo fedor daqueles corpos, mal podendo respirar. A advogada da filha olhou nos olhos dele e também o reconheceu, ele teve dúvidas se realmente leu nos lábios dela o nome de sua filha, filha, um nome que ele não ouvia fazia tanto tempo e que a advogada sufocou num murmúrio abafado pela gritaria. Forçando a passagem, ele avançou à procura de alcançar a frente da manifestação, onde a advogada era imprensada com a jovem química, ambas quase encobertas pelos manifestantes.

Tiros para cima aumentaram o pânico, ao atingirem a guarita do mecanismo central, onde era possível entrever debaixo da fumaça da pólvora o encarregado com seu revólver apontado para o alto e seus capangas de carabina em punho. O ímpeto dele foi percebido por um capanga, que o manteve sob a mira da arma. Aquele animal está desembestado, deu para ver a boca do capanga gritar para o encarregado, cuidado com ele. Os disparos debelaram a ala direita que avançava, arrastando gente, desaparecendo com a advogada e a jovem química sob o cinzento vagalhão humano. Mesmo a tendo perdido de vista, mesmo sem a certeza de que era ela, a advogada da filha, ele redobrou seu esforço para alcançá-la: foi contido pelo avô, que segurou seu braço e o precaveu da carabina apontada para a sua cabeça. A despeito disso, ele prosseguiu ao encontro dela, fincando os cotovelos nas clavículas alheias, apoiando os pés nas cabeças que escalava, sem atender ao alerta do avô. Ele gritou o nome da filha na direção em que a advogada sumiu, filha, ele gritou, o que talvez tenha sido interpretado pelo capanga como uma ameaça contra o encarregado, como uma ofensa, a metade de um palavrão não proferido, já que engatilhou a carabina e disparou para cima. Quando estava prestes a dar o segundo tiro, e dessa vez seria na cabeça dele, o capanga teve o antebraço atravessado pela lança do avô, levando a multidão a arremeter contra a guarita onde ainda se encontravam, agora com o terror congelado nas faces, o encarregado e dois capangas.

Impelida pelos ombros dos peões, a guarita cedeu e o encarregado debandou para os fundos do matagal. O rumor do conflito, homens invadindo a guarita, o sangue do capanga varado pela lança regando os pés da multidão, a poeira erguida acima do mecanismo central, bocas e olhos escancarados, punhos cerrados, as faixas de protesto nos paus sendo brandidos como sarrafos, as pernas dos capangas quebradas em plena fuga antes de alcançarem o mato, o sangue espirrando nas folhagens, essas imagens foram suspensas ao redor dele como quadros sucessivos de um filme avançando lentamente no videocassete.

Com o sumiço da jovem química e da mulher que, agora desconfiava, não era a tal advogada, apenas se parecia com ela, ele perdeu a esperança de ter notícias da filha. Na fuga, o avô recolheu o facão de um grevista morto pelos disparos.

Quando o cenário voltou a acelerar na mente dele, os dois entravam no frigorífico, onde lotaram os embornais com a carne-seca que encontraram enquanto reconheciam um nos olhos do outro a liberdade que logo desfrutariam. Ao saírem, foram bloqueados por um bando armado com porretes, queriam saber o que carregavam nos embornais, passa a comida aí, disse o maior deles, senão te mato. Sem contrariedade, o avô entregou um embornal ao primeiro que esticou o braço em sua direção, enquanto por sua vez o esfomeado passou a levar chutes, desferidos pelos demais.

Escaparam: desde o dia já distante em que ele chegou ao Futurama, pela primeira vez o portão de correr estava aberto e caído, retorcido pelo arrombamento. Sem serem molestados, através da brecha no aço do portão, o avô e ele saíram em direção ao sol.

3.
O quilombo

No exterior, cegados pela luz do dia, intuíram que aquele mundo já não era o de antes e muito menos o seguinte: giravam no torvelinho do presente como dois ratos na enxurrada. Ao abrirem os olhos no estacionamento do supermercado, as ruas seguiam vazias. Caminharam sob nuvens de zinco por calçadas onde a relva espiralava, parando na esquina para captar sons trazidos pelo vento da pista elevada ao leste, sons parecidos com cascos de cavalos a galope.

Eram observados das frestas das janelas, das guaritas de vigilância, das coberturas dos edifícios. Seguiram pela alameda onde a portaria do prédio permanecia bloqueada, a visão lhe pareceu a de um endereço visitado num sonho, um endereço que nunca existiu. Uma casa se escondendo no interior de memórias meio borradas, seu lar num mundo já fora de alcance.

Após continuarem por um trecho de asfalto onde viram toda sorte de coisa no chão, de ferro-velho a trapos e ossos, atingiram o largo da igreja, um deserto que antes estaria lotado até aos domingos. O avô estacou diante da boca do metrô, a meio caminho da rampa de acesso que ele atravessou tantas vezes de mãos dadas com a filha, quando ela ia à escola. Precisavam se esconder. O subterrâneo parecia inundado, nos trilhos do metrô marulhavam ruídos de correnteza e os dois se afastaram, cautelosos.

À sombra dos edifícios, caminharam por avenidas, ruas e praças sem nenhuma presença humana. Havia esterco ainda fresco no asfalto, apontado pelo avô nas proximidades do monumento que em seus dias foi a maior estátua equestre do mundo. Diante da mansidão ameaçadora da praça, logo aquele lugar onde se concentravam centenas de viciados, ouviu o avô dizer que o esterco era de cavalo, e se tinha cavalo também tinha alguém montado nele, e se tinha alguém montado era polícia, e se era polícia tinha fuzil na mão. Sob a mira do imenso ânus da montaria do prócer da grande guerra continental, cavalgadura e cavaleiro, ambos castigados pela chuva que os deixou com o aspecto esverdeado dos que sofrem moléstias no fígado, cor não muito diferente da que ele próprio carregava, o avô disse que seria arriscado atravessarem a praça, ao que assentiu com ressaibo. Dispararam em direção ao prédio mais próximo, à frente o avô apenas com seu trapo na cintura, os embornais e o facão apontando para os pavilhões do terminal rodoviário. No pátio só se ouvia o assovio da ventania nas telhas de amianto. Esconderam-se na carcaça de um ônibus incendiado.

Agachados ao pé da janela, admiravam os chassis carbonizados sob a chuva. Parecia um campo frequentado por caçadores armados com maçaricos em vez de fuzis. A escuridão logo pousou e eles a aceitaram calados, mascando a carne-seca e se revezando na vigília até a chegada da manhã. Deu um gole na garrafa trazida do Futurama e sussurrou algo ao companheiro, palavras em volume tão baixo que pareciam dirigidas a si mesmo, ajuda, ele disse, preciso de ajuda. Não tenho muito tempo e, antes que acabe, preciso cumprir uma promessa. O aguaceiro aumentou, encobrindo sua voz e encharcando o terminal até a noite vir de novo, enquanto ele esmiuçava ao avô o ocorrido à filha e o período de estagnação que lhe sucedeu, no qual permaneceu prostrado no apartamento, tão voltado para a sua crise que não chegou a perceber as voltas que o mundo dava para trás, voltas que o conduziram até ali, ao ventre daquela baleia metálica encalhada na cidade deserta.

Tinha uma promessa a cumprir antes de morrer. Revelou ao avô a investigação sobre o sujeito em questão, seu antigo paradeiro, o bairro onde dava seus golpes e onde ainda devia estar, pois era um covarde sem-vergonha. Ele o fez sem poupar aquilo de sinistro ocorrido à filha, frases ecoavam no bojo eviscerado do ônibus, ocupando o espaço entre os dois homens instalados em ferros retorcidos pelas chamas que antes tinham sido assentos, tão incômodos quanto a própria história que, aos ouvidos dele, com o estagnar do tempo, adquiriu aspecto irreal, como se nunca tivesse chegado a acontecer. Era algo que desejava com toda a gana, que a história não tivesse acontecido e não voltasse a acontecer no seu coração a cada vez que se lembrasse dela, mas o contrário é que acontecia, a mesma história se repetindo mil vezes e a filha sofrendo mil vezes o que sofreu. Sentia que se apropriava de algo que não lhe pertencia, a história da filha. Mas tinha uma promessa a cumprir antes de morrer, disse ao avô diante da fogueira armada num latão de tinta sob risco de chamarem a atenção de alguém, e com a chama acentuando o abrasamento de sua pele, o rosto do companheiro se enterneceu e uma gota brotou do seu olho negro, uma solitária gota reluzente escorrendo até ser interceptada pelo gesto disfarçado com as costas da mão que a secou. Ele não sabia, mas o avô lamentava sua ignorância. Era um morto que mancava, um morto que não queria morrer. O avô tinha certeza disso, também que a vida era um vasto limbo entre o céu e o inferno, a coisa mais frágil deste mundo.

Ele relatou ao avô que a filha o chamava de *vô*, ao vê-lo na rampa do supermercado, e a reação do companheiro, levantando o corpo encurvado e mirando a paisagem pálida e chuvosa da janela, lhe deu a certeza de que o tinha convencido, de que a partir dali teria seu cúmplice, alguém ao lado para fazer com que sua promessa se cumprisse e a ordem fosse restabelecida, ao menos em seu juízo.

Naquela noite refletiu acerca da natureza da vingança. Era um homem passivo, suas iras costumavam ser platônicas, causadas pela política e pela irritação que a doença lhe trouxe, os desastres íntimos o blindaram para a realidade, aprisionando-o na sua caixa craniana e no apartamento. Odiava pensar isso, mas se pensasse acabaria por concluir que aquilo sofrido pela filha teve ao menos um lado benéfico, o de obcecá-lo em outro assunto, esquecendo do próprio corpo que se desintegrava e o levando a se preocupar com o corpo da filha, com seu bem-estar. Era um alvoroço que o perturbava, uma espécie de tortura autoinfligida, pois na sua percepção de pai, o corpo da filha permanecia um corpo infantil, o da filha-criança e não o da filha-mulher do presente. Ele tinha noção dessa perversidade para consigo mesmo, mas nada podia fazer quanto ao assunto, era um homem em extinção, o último pai do mundo, e se envergonhava por não ter reagido à altura das fantasias de autoafirmação que sua moral lhe impunha, matando o sujeito em questão assim que soube do acontecido à filha, era o que devia ter feito, agido como macho, mas ele também se perguntava se o verdadeiro macho não seria o sujeito em questão, um macho abjeto, enquanto ele não passava de um amaciado pela civilidade, de um covarde tolhido pelos escrúpulos. Pertencia ao submundo da classe média depauperada, podia ter defendido a filha como um verdadeiro homem faria, no caso de ocorrer a desgraça, no entanto apenas se deprimiu, que foi a maneira do seu corpo escangalhado reagir à violência.

Despertou cuspindo a tosse engasgada, com a mão do avô lhe tapando a boca. Permaneceram respirando pesadamente no escuro, bufando pelas narinas o oxigênio empoeirado e gélido do interior do ônibus, enquanto ouviam lá fora o ruído de cascos no cimento do piso do terminal rodoviário. Os olhos coruscantes do avô ordenaram silêncio e os dois se encolheram detrás das ferragens retorcidas, enfiando-se entre chapas da carcaça do ônibus. Para sorte deles, a fogueira no latão tinha apagado ao longo da noite. Reconheceram a voz do encarregado entre o chocar de cascos dos cavalos, acompanhavam-no dois capangas armados. Os homens vasculhavam os ônibus tombados no pátio do terminal e ele sentiu pelo barulho aumentando quando um deles se aproximou das janelas do ônibus: deu para sentir a catinga do cavalo e ouvir a ofegação do capanga que logo se afastou, atendendo a um assovio. O avô e ele seguiram calados, ouvindo ferraduras se chocando no asfalto da rua contígua ao terminal, até o estrépito desaparecer.

Mas o cheiro acre do cavalo, um cheiro que ele desconhecia por estar habituado somente ao fedor de óleo queimado da cidade e não ao do campo, pois desprezava o aspecto miserável da vida rural, persistiu nas narinas como sinal de algo deslocado na cronologia, o fantasma animal que revivia de um passado morto trazendo medo.

O temporal aumentou na noite que se seguiu e permaneceram abrigados no ônibus, sem roupas para se aquecerem mas com o consolo da carne-seca para roer. A ruminação o induziu a um sono inquieto no qual despertava sem saber onde estava, adormecia de novo para despertar no interior de seu quarto do apartamento, onde recebia cócegas da filha, que invadia sua cama para lhe pedir que brincasse com ela, mesmo não passando das seis da manhã, o que o levava a se esconder sob o cobertor, negociando mais alguns minutos de sono; isso apenas aumentava a disposição da filha para se divertir, já que ela via no cobertor uma espécie de barraca, a mesma usada pelos sem-teto do bairro que ela tanto admirava, misto de encantamento com preocupação genuína dedicada aos cães meio doentes que os acompanhavam, como era o próprio cão do avô naquela época, um vira-lata manso que o seguia e com o qual cruzavam ao retornar das compras na rampa de saída do Futurama. Um dia o cão sumiu, provavelmente recolhido pela prefeitura, deixando o avô sozinho com os sapatos nas mãos e o cobertor esfiapado, não muito diferente do jeito dele ao se levantar da cama e correr pela casa debaixo do cobertor com a filha sob um lençol em seu encalço, os dois soltando uivos pelo corredor, do quarto à sala até chegarem à cozinha, onde ele abandonava sua barraca ambulante e tirava ovos e leite da geladeira, além de cereais da despensa, e se dispunha a preparar o café da manhã para ambos, uma comida que parecia outra presunção agora, da qual não lembrava nem o cheiro.

Antes, quando vivia no apartamento, ele olhava os sem-teto do bairro como intrusos da sua realidade, evitando ao máximo qualquer contato visual com eles pois tinha convicção de que lhe pediriam algo assim que os olhares se cruzassem, assim que seu olhar validasse a existência deles. Sentia nojo e desprezo por aqueles mendigos, e isso tornava quase impossível ir ao restaurante árabe da outra esquina e regressar ao apartamento com uma embalagem de esfirras quentinhas, algo que a filha adorava, as esfirras exalando pela vizinhança seu aroma de recém-assadas, atraindo mendigos, enquanto ele apressava o passo se desviando deles nas calçadas, não dando nada a eles. Sem dúvida, era melhor ignorá-los, não passavam de invasores da sua realidade, cujas indumentárias de lençóis e cobertores eram mesmo bastante típicas de fantasmas, e havia ocasiões, em geral noturnas, em que a razão dele vacilava, ao ver um homem apenas com um trapo na cintura e com seu cajado nas mãos, quase igual ao modo como o avô se vestia agora, e chegava a pensar que era um fantasma do passado, um fugitivo da senzala, quem sabe um quilombola que ainda vagava, preso no limbo histórico da cidade, perdido entre um século e outro, permanentemente ignorado pelo torvelinho do presente onde eles estavam agora, os fantasmas do futuro.

A esse propósito, nas vezes em que cruzava com algum sem--teto com seu carrinho de supermercado sendo empurrado pelo asfalto, ou mesmo recicladores puxando suas carroças lotadas de papelão, latas, garrafas e outros objetos que no fundo não passavam de lixo, ele enxergava neles os sobreviventes de uma hecatombe, o chorume do apocalipse, dizia, e se perguntava como aquele fim de mundo não o atingia, como era possível que a sua realidade permanecesse incólume. Era inexplicável para ele que a filha se encantasse com aqueles miseráveis.

Sua porta sempre se manteve fechada ao mundo e o tempo privado que corria no interior do apartamento de onde tinha sido deportado, ditado pelo ritmo dos velhos filmes do videocassete e pela imersão nos livros, algo a ver com a natureza do seu ofício, entre as quinquilharias que tornavam o lugar uma espécie de museu do lixo, o que não o diferenciava tanto assim daqueles recicladores e mendigos, afinal, pois seu tempo privado era em tudo diferente do tempo coletivo, do tempo daqueles que estavam presos à roda do cotidiano, aos atrasos do sistema público de transporte e ao expediente do cartão de ponto, pessoas que não tinham tempo para si mesmas, alheias ao funcionamento do próprio corpo e sem tempo para mais nada.

Agora percebia, desde sua união com o avô, que sua vida sempre esteve apartada daqueles que viviam nas ruas, dos mendigos e sem-teto. Nunca compartilhou o limbo histórico assombrado por aqueles desgarrados, o mesmo limbo que agora ditava o tempo real experimentado pelo avô e por ele, surpreendentemente, abrindo os olhos e despertando dos jogos de fantasmas com a filha, ali no ventre daquela carcaça onde o cotidiano insistia em não existir mais, a despeito dos esforços do encarregado para restabelecer o relógio de ponto que determinaria o tempo público através do trabalho nos mecanismos, pelo ritmo das gruas e dos dínamos, e agora só existiam as ruminações internas das entranhas e da mente, assim como as gotas da chuva despencando no pátio de manobras do terminal rodoviário.

Ele apalpou o embornal de carne-seca e calculou que logo precisariam caçar. Passos leves nas poças d'água o assustaram. Com a cabeça respingada, o avô se enfiou pelo buraco retorcido onde antes ficava a porta dianteira do ônibus e recolheu os trastes. Tinha saído e ele nem percebeu. Entre dentes, o avô sussurrou que havia encontrado um lugar, um quilombo, disse, onde a vida vai pra frente, continuou a dizer em voz baixa e na sua língua pessoal que agora parecia algum dialeto esquecido, uma língua que nasceu livre nas ruas, mas lá nós vai ter de ser útil, disse o avô alcançando o embornal com os últimos nacos da carne de cão, vai ter de caçar.

Saíram ao pátio inundado, arrastando os pés na enxurrada que desaguava nos bueiros entupidos de lixo. Caminharam por alamedas e se abrigaram sob marquises quase cedendo ao aguaceiro, até chegarem ao elevado que atravessava a zona central da cidade como um intestino reto, em outros tempos conhecido pelo nome de um verme.
    No anel de acesso procuraram não ser vistos, seguindo agachados ao longo da mureta de proteção, pisando em marcas das fogueiras dos viciados. Na curva do largo, janelas do desfiladeiro de edifícios se estenderam a perder de vista. Prosseguiram com cautela redobrada. Ele seguia os passos do avô sobre o lombo de concreto do verme gigantesco e observava os arredores da cidade onde viveu como se nunca a tivesse visto. O halo da lua cruzava nuvens de chuva, iluminando inscrições nas paredes, surgiam animais e seres desconhecidos rabiscados com tinta fosforescente, últimos sinais das cores perdidas da cidade que ele nunca conheceu bem, ou que aprendeu a ignorar para seguir no seu exílio interno, convivendo apenas com a filha e mantendo distantes seus vínculos de trabalho, de maneira indolor para si e para os demais. A natureza do seu ofício facilitava a reclusão, concentrado nas traquitanas textuais que montava e desmontava. Conforme a luz batia, os animais se reanimavam nos flancos dos edifícios, era como se a cidade abrisse os olhos apenas pelos segundos necessários para confirmar que sim, estava morta, e não contassem mais com ela. As cores se apagaram e ele percebeu

tarde demais que carregava aquela cidade dentro de si, uma cidade desconhecida que só descobriu quando já estava arruinada.

A praça era agitada pela tempestade se avizinhando detrás da catedral, onde tremulavam reflexos das chamas na boca do túnel. Ouviram cavalos relinchando e suas sombras se agitaram nas paredes. O avô o reteve com a mão espalmada no seu peito. Contornaram a praça protegidos pelas árvores para não chamar a atenção daqueles que montavam cavalos, rumando ao vale que dominava o centro. À sobranceira, o teatro municipal já não cumpria seu papel de farol no ponto mais alto dos calçadões, era apenas uma sombra sólida contra a noite.

O avô aguardou de cócoras um instante, recostado ao prédio como uma mola tensionada, depois saltou. Ele o imitou sem igual destreza, mancando no asfalto. O viaduto tinha desabado e a quina restante se perdia na neblina, tão densa que o impedia de enxergar a outra ponta. Sentiu enjoo. Ao se apoiar na parede, estrelas balançaram no ar acima do teatro, que por instantes pareceu reviver seus melhores dias. Na via lateral em direção às grandes galerias, ele se assustou com vultos pendendo dos postes, balançando ao vento, sob respingos da chuva. Lembravam frutos oblongos, até serem iluminados pelos relâmpagos. Tropeçou num sapato caído, um pé só, os cadarços marrons.

No acesso às galerias, soou um assovio vindo das passagens mergulhadas no breu. Tropel de cavalos, não deviam estar longe, talvez já chegassem para os lados do teatro, em minutos estariam ali. Seu enjoo se agravou e o avô percebeu sua pele esverdeando sob a claridade dos raios. O bater dos cascos aumentou e assovios ressoaram com estridência, era um sinal de alarme. O avô se precipitou para o emaranhado de galerias, um conjunto comercial repleto de vitrines onde um dia ele passeou com a filha, e desataram a correr, o avô na frente e ele na sua cola, o escuro aumentando à medida que se afastavam da arcada.

No exterior, visível somente graças ao relampejar, as pernas dos que montavam cavalos se destacaram quando rédeas foram refreadas, as ferraduras gastas deslizando nas pedras do calçamento molhado. O primeiro vulto apeou e olhou da arcada para dentro das galerias onde se escondiam. Mãos surgiram da reentrância na parede às suas costas, tapando sua boca e o puxando em direção ao escuro.

As mãos do avô o conduziram através dos corredores e depois por escadarias que desceram até o ar resfriar e se umedecer. Teve a sensação de entrar num vasto sistema de cavernas, e, ao atingir o pé da escadaria, intuiu o que escorria por leitos canalizados, passando a enxergar graças à luz se infiltrando pelas claraboias do teto. Era a embocadura de um rio subterrâneo. A cidade tinha sido construída em cima de dezenas de rios e seus afluentes, que ao longo dos séculos foram tapados por ruas e avenidas. Antes essa ideia costumava lhe causar angústia, só de pensar que um buraco poderia se abrir sob os pés da filha enquanto ela caminhava pela cidade, tragando-a para um sumidouro. Sentados ao redor das fogueiras e enrolados em trapos, estavam os desdentados. Fogo tem, disse o avô apontando para as fogueiras, só não tem o que assar. Vieram da plantação do senhor bispo, enganaram os que monta cavalo. Antes tinha comida, mas não liberdade. Agora tem liberdade, mas não comida. Também não dá pra beber desse rio aí.

Chapinhando nas poças oleosas que se acumulavam no piso, prendendo a respiração por causa dos gases tóxicos que as águas exalavam, ele acompanhou o avô na peregrinação entre bandos acocorados ao longo das margens, observando suas caras de fome, olhos fundos e as costelas saltadas. Uma mulher com peitos parecidos a dois sacos de estopa pendendo até a cintura explicou que todos tinham sido tragados pelo esgoto, pelas águas imóveis, por sua estagnação cheirando a merda e morte. Isso é uma curva de rio sujo, disse a mulher.

O avô consolava os refugiados e ouvia histórias sobre o cráqui envenenado distribuído nas ruas para matar sem-teto. Foi depois do primeiro surto da febre. Mas nós é favela, disse a mulher dos peitos caídos se aproximando, é ruim de matar. O avô prosseguiu e ele o acompanhou, verificando quantos eram e como fediam a aço fundido, a miséria. Ouviram o que resmungava o corcunda, um velho ainda mais velho que o próprio avô, a guerra veio depois da febre, as chacina e o resto, disse estendendo o pulso fino como perna de pardal e nele o relógio cuja pulseira pendia, folgada, esse relógio esqueceu o tempo, disse o velho, daí de repente lembrou: agora os ponteiro gira ao contrário e a gente vai camelando atrás, esse relógio dita o tempo no mundo e nós vai atrás dele, sempre pra trás. Ele se debruçou sobre o velho e tomou seu pulso, que batia fracamente, um sinal quase imperceptível, de mecanismo prestes a parar. O relógio não tinha nenhum ponteiro.

Através das grades das claraboias do teto, a chuva escorria misturada à luz. Uma mulher embalava seu bebê de colo. Chegaram a tempo de se debruçar sobre o bebê em sua tentativa final de sugar leite das tetas da mulher, que chorava um pranto sem lágrimas, estava seca por todas as partes. Num estertor o bebê se retorceu e parou, boquiaberto, olhos vidrados para a cara da mãe. Com astúcia, aproveitando a pasmaceira da mulher, um homem tentou retirar o cadáver do colo dela, mas ela se recusou a entregá-lo, correndo até a margem com os demais no seu encalço. Lançou o bebê na correnteza do rio, arrancando uivos dolorosos dos que a seguiam. Enfiando-se entre os dois, o velho do relógio sem ponteiros disse que ninguém tinha o que comer, andavam passando do limite. Lá em cima se pastava grama crua e roía casca de árvore e barro seco. Aqui não tem nada disso. Com as mãos nos embornais de carne-seca, o avô e ele se afastaram do bando na margem.

Ele seguiu os passos do avô em direção ao escuro, tateando a parede pela qual escorriam graxa e gosmas sobre o lodo, até ouvir seu assovio: mocozava os embornais numa fresta da tubulação, a salvo da umidade e da fome alheia. No caminho de volta, o avô falou que poderiam caçar, tinha uns animal naquela água preta, disse, bicharada que os filhinho de papai jogava na descarga quando enjoava deles. Considerou se o desgraçado do avô não estaria enlouquecendo, se já não estava louco desde o princípio, quando cruzava com ele na companhia da filha na rampa de acesso do Futurama e o via pintando as unhas dos pés de vermelho.

Os bandos zanzavam de um lado a outro, mergulhados em negociações insondáveis. Procurou a filha entre eles, dando voltas às fogueiras e estudando caras, corpos, tatuagens e cicatrizes, quem sabe não identificaria a cicatriz do corte feio no joelho direito que ela fez após cair do patinete quando tinha uns nove anos, ou a fênix na omoplata esquerda, tatuada para celebrar o fato de ela seguir entre os vivos, depois do que lhe aconteceu naquele bar da zona oeste, rediviva como a fênix. Ele a procurava mas também permanecia atento para identificar o sujeito em questão, seu focinho de criminoso. O avô o seguia de perto, com facão na cintura. Mas a visão dos corpos se mostrou difícil, os membros das pessoas se embaralhavam na multidão da qual às vezes sobressaía apenas uma boca rancorosa que imprecava à passagem deles, pedindo o que comer, ou então mãos tentando agarrá-lo logo se abriam com a palma virada para cima em gesto de resignação, implorando por misericórdia.

A falta de luz encavalou semanas numa só noite debaixo da terra. Mediam horas pela frequência com que comiam, o que as tornava tão arrastadas quanto o tempo no relógio sem ponteiros do velho louco, sempre no mesmo lugar. Ele ouvia os fugidos da plantação de onde nem todos escaparam, restavam muitos irmãos presos, outros foram mortos na fuga ou capturados antes de chegarem ali, diziam, um lugar terrível para onde não voltariam, não mais, agora tinham o avô como líder, foi o que disseram, o avô vai nos ensinar a produzir armas. O avô passou a selecionar aqueles mais jovens e menos doentes, homens e mulheres ainda providos de músculos, não só de ossos. Arrancaram hastes de ferro do gradil ladeando a margem para forjar lanças que também podiam ser brandidas como porretes. A quietude da embocadura logo passou a ser substituída pelo entrechocar do metal nos confrontos orientados pelo avô a fim de treiná-los.

Por sua vez, ele fingia supervisionar os bandos, corrigindo a postura daqueles pobres quando exercitavam seus arremessos inábeis, orientando braços a fim de que as lanças atingissem o coração dos espantalhos feitos com sacos de lixo lhes servindo de alvo, em vez de caírem no rio. Mostrava seu valor. Tinha fortalecido as juntas, trocando a flacidez do sedentarismo, algo a ver com a natureza do seu ofício, por musculatura. Ao despertarem, ainda bocejando o bafo de ontem, carregavam entulho em idas e vindas até a superfície, obstruindo as entradas do quilombo. Os braços dele tremiam devido ao esforço. Talvez estivesse curado, apesar do diagnóstico.

A possibilidade, ainda que remota, lhe impunha um dilema: se não estivesse mais doente, a promessa de vingança feita à filha, mesmo que ela a tivesse recusado com fúria, o que foi mesmo que a filha disse então, apenas a mulher livre é capaz de entender o que um gesto de violência guarda, ela disse, já não tinha mais certeza se tinha sido isso mesmo, ou um só ato de violência guarda toda a violência possível desencadeando a barbárie, foi isso que a filha disse pouco antes de cair fora, emputecida, enquanto aguardava o elevador, talvez, apertando com impaciência o botão no painel de chamada, ele também à espera, a tigela do cozido no qual ela nem chegou a tocar queimando sua mão enquanto com a outra ele segurava a maçaneta da porta aberta por onde a filha acabara de sair, recusando-se a ouvir aquela promessa digna de um insensato, típica da selvageria que motivou aquilo que ela sofreu, talvez a filha tivesse dito isso também, aquela agressão que ele não conseguia nem ao menos dizer qual tinha sido, aquilo, sofrer, causar, vingar, calar: tudo isso fazia parte do mesmo problema, é herança patriarcal, ela disse, quem sabe, ele começava a ter dificuldades para lembrar com precisão o que a filha dissera naquele dia, a lembrança da filha ia sumindo como um elevador que nunca chega ao andar onde o esperamos com uma tigela quente nas mãos. Como a de todos no entremeio onde se situava agora, sua vida se apagava.

O dilema que se impunha era que se a doença tivesse sumido assim como apareceu, do nada, foi como veio, como um elevador que nunca chega, ele estaria liberado de cumprir a promessa, o que não lhe parecia justo, na verdade era apavorante, uma possibilidade com a qual deixou de contar após conhecer o diagnóstico. Se assim fosse, se estivesse curado, teria de viver por conta própria e isso o apavorava.

Os bandos e seus duelos, seus dentes refulgindo ao triscarem ferros chispando faíscas no ar daquele teatro naufragado, todo esse vigor era igual ao da filha e das suas colegas no palco, numa ocasião em que montaram alguma peça que envolvia capas e espadas na trama, não se recordava do título, a montagem era o trabalho de conclusão do semestre na faculdade, havia um quiproquó romântico na peça, uma traição que culminava em duelo à sombra das vielas habilmente construídas pela cenografia, até se ouvir somente o eco das lâminas se entrechocando na área do auditório em que ele se encontrava, as faíscas refulgindo na escuridão. Ele achou a peça sofrível.

À medida que recrutavam novos bandos, fizeram o levantamento daqueles que se escondiam por ali, nos desvãos que utilizavam para se abrigar em bueiros e encanamentos em desuso, calhas e tubos de circulação de ar. Às vezes ele encontrava um deles morto, intoxicado por vazamentos de gás durante o sono. A cerração era tão espessa que todos viraram meio felinos, enxergavam de noite. Ele temia encontrar a filha numa tubulação daquelas, temia não a reconhecer porque estaria coberta de graxa, fantasiada de fuligem. Ele não deixava de pensar que os sem-teto agora tinham finalmente um teto à altura de sua miséria: a parte superior da tubulação do esgoto.

Estava de guarda quando viu uma boca dourada que levitava e ria nas quebradas do túnel, aproximando-se pela margem concretada do rio no sentido das fogueiras. O riso que nascia da traqueia dourada ecoou, despertando os adormecidos do quilombo. De lança em riste, o avô e ele seguiram em direção à boca dourada para conhecer a natureza daquele fenômeno. Ele disparou manquitolando à frente do companheiro, pois entendeu que se tratava de uma mulher jovem cuja pele era tão preta que se confundia com os fundos engraxados do túnel, e tinha a boca dourada que ria e falava coisas desconexas, mal reconhecidas por causa da distância, coisas douradas, mas que assim que se tornaram mais próximas, ficavam compreensíveis, socorro, meu pai, dizia a boca dourada, o que o levou a apressar o passo, até ela se estatelar em seus braços, murmurando, meu pai, socorro, até seus dentes dourados se fixarem, a boca dourada aberta, e a língua dourada deixar de se mexer. Ele olhou o branco amarelado dos olhos dela, ouviu seu suspiro, um esvaziar que lhe pareceu de alívio. Enquanto boca dourada morria no seu colo, o mesmo que um dia aninhou sua filha, e olhava sua boca inerte, o avô passou por eles, seguindo o rastro dourado dela até ali, suas pegadas, até se misturar às sombras do túnel de onde ela viera.

Voltou com a lata de tinta dourada na mão, o alimento daquela morta no seu colo, os risos e gemidos dela tinham despertado o bando da fogueira mais próxima, que se levantou e se acercou com avidez, exigindo o cadáver. Ele deslizou a boca dourada de cima das pernas com asco, empurrando a mulher como se empurra um tapete enrolado até a beirada do rio.

Antes de deixá-la tombar na corrente, a onda sombria que se tornou o bando encobriu o corpo dela, corpos se debatendo na disputa do cadáver que resvalou através dos braços e mãos gordurosas, mergulhando no rio e deixando para trás protestos e uivos, fome e miséria, a vida mesma, restando sua boca dourada na superfície, boiando e reluzindo na água até se tornar uma pepita flutuante e desaparecer, soterrada pelo negrume.

O avô escondeu a lata de tinta para evitar que a loucura se repetisse, e tempos depois apareceu com um capacete de alumínio esquecido nos trilhos por algum peão das obras do metrô e o pintou com a tinta remanescente: passou a coroar a própria cabeça com o capacete dourado até nas breves horas em que adormecia, e se tornou de vez o guia de cegos a ser seguido pelos bandos da embocadura subterrânea, aquele que os conduziria pelo túnel em direção à luz.

Ele o seguiu, não tinha alternativa, ao alcance do seu braço direito, com a perna manca e o fígado virando patê, a febre da obsessão o mantinha em pé nas incursões ao longo do rio à caça do que comerem, em bandos de dois ou três em condições de caminhar a longa distância da margem que levava, quilômetros à frente, a uma estação de metrô inacabada.

A placa suja de graxa com o nome da estação até chegou a ser instalada. Tentou limpá-la com o dorso do antebraço. Os trilhos tinham sido inundados nas sucessivas enchentes do centro da cidade. A estação estava conectada a algum hospital da superfície, onde ele bem que gostaria de estar, em vez de ali na quebrada com aquela horda, no leito de algum hospital, deitado em lençóis limpos, o prato fumegante da canja de galinha na bandeja à sua frente, talvez nem mesmo a sonda enfiada no rabo o incomodasse demais, a sonda na uretra seria melhor que aquela água parada que o avô, acocorado na margem, examinava com atenção e pedidos de silêncio com o indicador sobre os lábios que sorriam. Contudo, o hospital devia estar deserto ou ocupado por outros mortos de fome.

Com um aceno o avô apontou sob a água o dorso alaranjado e reluzente de uma carpa, à qual se juntaram outras assim que o velho, raspando com as unhas suas canelas ressecadas, jogou raspas de pele morta aos peixes. A lança foi arremessada com tamanha destreza que ele mal reconheceu seu lampejo, só a percebendo quando o avô a colheu de volta e na sua ponta se retorcia uma carpa cujos contornos pareciam deformados. Ao ver as escamas respingando, os bandos irromperam na cálida onda de satisfação que precede a pança cheia.

A carne tinha gosto de poluição e ele pensou que se aquilo não o liquidasse, só o deixaria mais forte. Escamas brilhavam no bigode do avô ao contar a origem dos peixes, lá no andar de cima tinha um hospital, disse o avô, e nesse hospital o povo acreditava que a água era a raiz da vida e que os peixe é santo. Assim, os médico botou um lago em volta do hospital que eles encheu de *peixes santo*, o avô colava as palavras umas nas outras e as pronunciava assim, *peixessanto*. Escamas de ouro e prata vibravam nos lábios engordurados do avô com seu capacete de alumínio, e os bandos acompanhavam seu movimento enquanto também mastigavam. Os doente do hospital entrou na noia e passeava em volta do lago com os enfermeiro e apontava as corcova joiada dos peixessanto quando eles saltava pra cima d'água, assim, brilhando como latinha de cerveja, então os doente melhorou e foi aí que os peixessanto mudou de forma, disse o avô, ficando com a cara de cada doença que eles chupava dos doente, um peixessanto ficou prateado e parecido com a faca que tinham enfiado num cara, outro inchou e avermelhou, ficando parecido com um tumor, veio a febre e o hospital encheu e os peixessanto enlouqueceu, se transformando rapidinho dum segundo pro outro, até a chuva cair de um jeito que parecia que o mundo ia acabar, o lago transbordou e veio a enchente que libertou os peixessanto, disse o avô, vazando pela enxurrada e vindo parar aqui nesse mangue do metrô abandonado, onde se reproduziu e esperava nós. O avô olhou para ele com uns olhos de curandeiro, um jeito tão sossegado de olhar que inundou o espírito dele de ânimo, e disse que os peixessanto tava esperando ali pra curar quem chegasse primeiro, e que eles tinha sido os primeiro a chegar, disse o avô piscando para ele, agora nós vai seguir nosso caminho na paz.

As águas pretas do mangue se estendiam pela ramificação de túneis inundados, penetrando áreas ao longo dos trilhos que nunca chegaram a receber instalações de acesso à estação, e estavam repletas de carpas. Em seu íntimo, ele soube que o avô criou aquela história apenas para apaziguá-lo, e acompanhou os bandos do extremo da plataforma, onde o mangue era mais raso e as carpas podiam ser pegas com as mãos.

Na volta, desviando-se dos entulhos e das pedras, ele se satisfazia em reviver o disparo feito momentos antes com sua lança, em que acertou o lombo dourado de uma carpa em pleno pulo. Ao notar sua precisão, o avô o aplaudiu. Ele sentia que enfim estava preparado para cumprir a promessa à filha, mas agora não via mais o sujeito em questão no seu horizonte nem a filha a quem prestar contas, e o que lhe restava era arremessar sua lança nas carpas mil vezes e varar mil vezes em pensamento cada centímetro do corpo do sujeito em questão com a lança, um milhão, dez milhões, cem milhões de vezes. Não queria paz nenhuma.

Dias depois, quando vinha do turno na guarda dos acessos às grandes galerias e passou diante da barraca do avô, dois rapazes se esgueiraram do interior trocando olhares de cumplicidade e tomaram rumos distintos, cada um para seu lado. O tempo estava regredindo e o avô rejuvenescia, despedindo-se desta vida.

Ele se recolheu à sua própria barraca de sacos de lixo e ao deitar ficou imaginando que as chispas de luz nos furos do plástico preto eram estrelas. O vento morno vindo da campina moveu com suavidade as folhas da árvore no lugar onde ele tinha instalado a barraca, vazando pelo mosquiteiro; a lufada de ar aumentou a chama do lampião, não chegando a despertar a filha abraçada à sua boneca de pano. A caminhada tinha sido exaustiva e ambos adormeceram assim que jantaram o feijão enlatado aquecido no fogareiro a gás. A mãe dela havia partido não fazia dois meses, não tinham notícias dela e ele ainda se envergonhava da noite em que tentara sufocá-la com a almofada; o acampamento foi a distração arranjada, um pouco de natureza seria bom para a filha. O vale ficava longe da cidade, uma região de cavernas que ele conheceu na juventude, quando ainda não se apegava tanto às coisas abstratas do trabalho e conseguia ser mais aventureiro. As noites da filha eram assombradas pelo bruxismo, ela dormia falando, pelas bruxas, ele brincava, mas dessa vez estava tão exausta que nem se mexia, a não ser pelas pálpebras indicando que sonhava. Ele foi atraído pelas vibrações vindas do exterior da barraca e correu o zíper devagarinho, saindo em direção ao ar noturno: ao se afastar da sombra projetada pela copa da árvore, estrelas perfuraram a escuridão em inúmeros furos por onde vazava a luz da verdade e ele sentiu vertigem, sentado na rocha da colina enquanto o vento esboroava a lona da barraca causando estardalhaço, pensando no que estaria do outro lado do firmamento, onde talvez estivesse uma cópia dele deitada sob o teto furado de uma barraca na margem de um rio subterrâneo. Preocupou-se com a amarração das cordas da lona, aquele zunido podia despertar a filha e ela se assustaria ao se ver sozinha. Ele se protegeu da ventania com o capuz sobre o rosto e avançou para a barraca sob os tentáculos da árvore se estendendo ao céu numa lamentação, as estrelas sumiram detrás das nuvens aumentando sua inquietude ao correr o zíper de volta à barraca. Quando o fez, sob a luz amarelada do lampião, a boneca mastigava com seus dentes de serra o osso da perna arrancada da filha, dizendo que agora ela estava livre, agora ela podia fugir da armadilha.

***

Gritos e estampidos distantes o despertaram. Para os lados do acesso bloqueado às grandes galerias, cinco pisos acima da embocadura do rio, rumores indicavam a presença de estranhos. A cabeça do avô se enfiou pela abertura da barraca, vamo, disse, o bispo achou nosso buraco. Tomaram as escadarias, desviando-se dos obstáculos colocados contra invasões. Os degraus estavam salpicados de cacos de vidro, o que exigia que subissem com cautela. A proteção instalada pelo avô incluía redes acionadas por arames estendidos no piso e ratoeiras montadas com tábuas, pregos, latas de óleo e cabos de aço arrancados dos postes. À frente o avô apontava o caminho, as armadilhas os obrigavam a se desviar, caminhando em zigue-zague, alongando a subida. Os estouros aumentavam, vinham gritos que pareciam ser de dor, engolindo o marulhar no abismo lá embaixo. Verificou o trecho percorrido e não era possível enxergar nada além de um metro de escadaria. Suas costas grudaram no concreto da parede, o limo pegajoso não queria mais soltá-las.

A subida endureceu com a enxurrada vinda de fora, do emaranhado de túneis da superfície, encobrindo o patamar da escadaria onde luzes nas grandes galerias mais acima perfuravam a obscuridade em focos irrequietos pelas paredes. A nitidez aumentou e surgiu um corpo estirado no piso ao nível do acesso. Adiantando-se, ele verificou que se tratava de alguém cuja perna fora abocanhada pela armadilha do avô, a água que escorria pelos degraus descia mesclada a sangue. Parecia sem vida. Desarmaram o mecanismo cuidando para não fazer ruído e ele tomou o corpo no escuro e o ergueu: era tão leve quanto o de uma criança que um pai rodopia pelos braços ao brincar no jardim ensolarado. Ter aquele corpo sob sua proteção o reconfortou.

Atraído pelas luzes que atravessavam as frestas do acesso, o avô assomou até a mais larga delas, permitindo vislumbrar o exterior. Aquela magricela havia entrado por ali, sussurrou, fugida da plantação. Ele o imitou com dificuldade, também espreitando pelo buraco. Armados com porretes e carregando tochas, encapuzados zanzavam pelos túneis inundados até meia parede, capturando fujões tombados na água reluzente de óleo. Gargalhadas se misturavam ao baque das pauladas, e dos fundos saiu um homem de terno andrajoso varando o fumaceiro com lentidão, sem ruído, aproximando-se como se caminhasse sobre a podridão da enchente, caminhava sobre águas mortas porém suas pernas seguiam imóveis. Na verdade, o homem cavalgava um jegue tão negro que se confundia com a própria escuridão, ordenando com a mão aberta para cima que os demais fizessem silêncio. Com a cara virada na direção de onde o espreitavam através do buraco, sacou o fuzil e disparou uma rajada de tiros que explodiram contra o cimento, arrancando lascas. Detrás do buraco, o corpo se remexeu no colo dele de tal modo que por pouco não desabaram pela escadaria. Assim que o eco se perdeu nos túneis e a pólvora se dissipou, o lábio leporino que deformava as feições do homem se fez visível sob as chamas das tochas. Esse satanás veio por nós, cochichou o avô, e agora vai continuar vindo. O indicador do bispo acionou o gatilho e o fuzil disparou apenas um tiro, varando o buraco a um palmo acima da cabeça do avô, raspando seu capacete dourado e retinindo um estalido metálico e agudo, perdendo-se na lonjura.

Sem conseguir ver o rosto de quem carregava ao baixar os degraus, a não ser pela mordaça trancada na nuca cujo cadeado feria a pele do seu antebraço, ele foi inundado de ternura. Ali na escadaria em direção ao quilombo, baixando às cegas apenas com o leve reluzir dourado que ocasionalmente batia no capacete de alumínio do avô o orientando, ele não sofria tanto com o peso daquele corpo e menos ainda com o da doença, pois se lembrou da leveza da filha pequena, de quando ela adormecia no assento do táxi ao voltarem do cinema ou do passeio no parque, tendo de carregá-la nos braços até chegarem em casa. Agora o corpo nos seus braços era desconhecido, embora lhe reconhecesse o peso tão magro, idêntico ao da filha quando criança e até mais pesado, porém se tratava de um peso reconfortante, um peso que ao mesmo tempo o aliviava, e ele se permitiu imaginar que ele e a filha voltavam para casa após assistirem a um filme triste com final feliz, empanturrados de pipoca, mas havia a diferença, pois sempre tem uma diferença, e a de agora é que não existia mais casa para onde voltar, a filha estava desaparecida e a portaria do prédio tinha virado um muro de tijolos.

Não sabia de onde viera o corpo em seus braços, se teria pai e mãe ou quem sabe um avô à sua procura, no entanto sabia o que viria em busca daquele corpo, um cão cinzento e de lábio rasgado que também terminaria vindo atrás de todos eles. A lenta descida o conduziu à consciência de pertencer ao fundo, ao plano mais baixo no qual cumpriam o papel de presas. Ele agora fazia parte da escumalha da terra.

Ao depositar o corpo ainda inerte na margem do rio, percebeu que quase desmaiava: era dia no exterior e migalhas de luz revoavam pelas claraboias, iluminando o rosto da amordaçada. Os olhos dela estavam visíveis e se arregalaram, revirando nas órbitas à procura de reconhecer algo, alguém ou alguma coisa, deparando com os bandos meio perplexos diante da esqualidez daquele corpo caído sobre o cimento. Ela se parecia com alguém. Mas aquela com quem se parecia não tinha a cabeça raspada e o couro cabeludo cheio de pereba. Pensou reconhecer os olhos da filha, são os mesmos olhos dela, não são, embora não sejam. Já não sabia do que era feito o corpo da filha, como soube antes de ela se metamorfosear de criança em adulta; então eram materiais bastante reconhecíveis, pomadas, odores, tecidos, cabelos, comida, fezes e uma voz que mudava ao longo das idades. Graças à sua natureza, ele desenvolveu mecanismos de defesa que não estavam ao alcance da filha. Sua timidez era um escudo, enquanto a extroversão dela — queria ser atriz — a tornava um alvo atraente. Um pai deve ensinar sua filha a não chamar atenção, a passar despercebida entre as bestas. Deve ensiná-la a não morrer. Falhou nisso. Teve a impressão de que a amordaçada também o reconhecia. Ele falhava em tudo o que devia fazer.

A mordaça devia ser removida. É zica, disse o avô. Levaram a pequena silenciosa até a margem, onde apoiaram sua cabeça sobre a pedra. Ali só tinha pedra e ferragens e o avô bateu uma barra de ferro no cadeado, que soltou faísca. Mas o mecanismo de fechamento se ajustava com violência a cada golpe desferido, esganando mais o pescoço dela. Foi tomado por aflições típicas de uma mãe, e se censurou. O avô insistiu, aplicando uma sequência de arremates que não surtiu efeito, a não ser levar a amordaçada ao desmaio. Silêncio sobreveio ao murmúrio de decepção. Aquela ali não tinha fugido pra morrer de fome numa curva de rio sujo, disse o avô. Os bandos carregaram o corpo inerte até o assentamento e o acomodaram num papelão debaixo da barraca. Ele se agachou ao lado dela e lhe examinou a pele das costas e das pernas, uns queloides rombudos vindos de antes, não pareciam cicatrizes recentes, e mapeavam o caminho feito por ela até aquele buraco. Sim, mesmo sob a mordaça que o escondia, o rosto dela lhe era familiar. Abraçava-se ao ventre saltado: estava grávida.

As mulheres se meteram na barraca, limparam as feridas, reanimaram a amordaçada e lhe mostraram uma haste de metal, mas o diâmetro do canudo resultou maior do que os furos da mordaça. Com a ponta de uma lâmina alargaram o furo central, através do qual introduziram o canudo. Ao ouvirem o ruído do caldo sendo sugado, as mulheres se entreolharam. Saiu da barraca lavado de suor ou talvez de lágrimas, exultante como uma mãe, sempre se envergonhou de ser uma mãe para sua filha, de limpá-la após ir ao banheiro, de preparar a comida dela. Seu pai nunca fez nada parecido por ele. Um homem que mal saía de casa como ele, mesmo que por conta da natureza do seu ofício, acabou adquirindo atributos de mulher. Era uma aberração. Isso o afetou na hora de ser um homem, pois já não era. Na hora que os fatos exigiram a presença do pai, só encontraram a mãe.

Com vistas ainda turvas, acompanhou os bandos nas áreas iluminadas pelas fogueiras onde moíam ossos, cartilagens e escamas das carpas, armazenando a farinha em latas; outros empurravam tonéis feitos de pedaços de lixeiras nos quais recolhiam a chuva a escorrer pelas claraboias, depois a fervendo em latões de óleo nas fogueiras acesas com lenha encontrada ao redor do mangue do metrô abandonado.

Contra o esperado aquela ratoeira florescia, mas o avô os alertou: o bispo sabia onde seus fujões se escondiam e ia querer recuperar o que era seu. O bloqueio ao acesso para as grandes galerias precisava ser reforçado. Organizaram turnos de vigília na boca do acesso principal e iniciaram bloqueios aos acessos nos dois sentidos do túnel. Senão o bispo entra na ponta do lado de lá e chega até nós navegando, disse o avô, todos os caminho deságua no purgatório.

O avô e alguns carregadores sumiram na distância, enquanto ele permaneceu relegado à sombra, entregue à contemplação das águas estagnadas do rio emanando seu fedor e ao hálito soprado pela boca do túnel, um vento frio que batia pontualmente às dezenove horas, mesmo horário em que a filha ajustava os ponteiros do seu relógio de pulso através da passagem do avião na janela do apartamento, os traços do rosto da filha que se esgarçavam, ao contrário do propósito de vingar aquilo sofrido por ela, o que mesmo ela disse ao dar o fora naquele dia, somente uma mulher livre pode compreender toda a violência num só ato de violência, acho que foi isso que ela disse ao se despedir de mim da última vez, pontualmente às dezenove horas, ao sair caminhando e partir, como se tivesse aprendido a caminhar com os próprios pés pela segunda vez, sozinha. Talvez tenha sido isso.

Mas àquela altura o sujeito em questão já estava morto e caído numa rachadura qualquer do esgoto, tragado pela própria catástrofe, morto por um pai que não tinha sido amaciado pela natureza do seu ofício, algum que não se metamorfoseou em mãe, um homem que não interrompeu a cadeia de violência sofrida pela filha, a sequência natural dos atos que devia ter sido respeitada, um pai saudável e não impotente, bafejado pelo fedor gélido da boca de um túnel à porta do inferno.

O fedor lhe devolveu o enjoo, a náusea subiu do estômago e o fez vomitar uma nojeira que se avolumou aos seus pés, uma purgação amarelada arrodeando seu corpo que se dobrava, obedecendo inutilmente ao diafragma. Não havia o que vomitar. Seu organismo tentava se livrar da culpa, era a culpa corroendo seu fígado, a culpa e nada mais. Bem que a pequena amordaçada podia ser a amiga de sua filha, aquela que ensaiava para um musical na tarde dos depoimentos na delegacia, eram todas estudantes de teatro, afinal, ou talvez a amiga se preparasse para o teste de elenco de um musical, ensaiando baixinho na antessala da escrivã de polícia com fones de ouvido a canção a ser interpretada na audição, sem ouvir a própria voz. Ele passou mal naquele dia, antes de ir para a delegacia. Ainda via os cabelos dela na antessala, sedosos e negros, iguais aos de uma verdadeira cantora, de uma atriz profissional, e ouvia os trinados que às vezes num volume mais alto chegavam à sala contígua, que situação, sentiu algum desconforto por causa daquela falta de modos, mas assim se comportavam as atrizes: chamavam demasiada atenção quando na verdade deveriam era se proteger dos predadores, usavam fones de ouvido quando o fundamental seria permanecerem atentas ao perigo, de orelhas em pé, à escuta da menor ameaça. Estavam sempre ao alcance de serem colhidas, as filhas, as dezenas de filhas, as centenas de filhas, os milhares de filhas.

A amordaçada guardava um segredo, ele intuiu ao reconhecê-la, talvez ela soubesse onde estava a filha dele, sua colega na faculdade. Podia ser que estivessem juntas antes de ela escapar da plantação e se esconder na passagem que a trouxera ao quilombo. O avô estava certo, a boca devia ser destapada, ele precisava ouvir o que a silenciosa ansiava lhe dizer, o segredo contido por aquele bridão de ferro.

As águas continuavam paradas, a não ser pelo vento eriçando sua superfície oleosa. O hálito frio soprado pela boca do túnel. Notou a poça de suco gástrico evaporando ao seu redor, os dedos e as plantas dos pés se ligavam outra vez ao chão, vibrando com as pancadas repetitivas chegadas da extremidade oposta do túnel.

Ele seguiu até o ponto onde os bandos arrastavam o entulho das antigas obras do metrô, formando uma barreira sobre o leito do rio à meia altura do teto. O avô deu um sorriso de satisfação para o seu lado, vibrando acima da cabeça um grande alicate encontrado nos trilhos, e continuou a orientar o trabalho, enquanto ele partiu a fim de verificar como se saíam os turnos de vigilância do acesso às galerias. A amordaçada enfim seria ouvida.

Ao passar pelo assentamento, as mulheres seguiam na barraca cuidando dela, a fumaça encobria a área do quilombo, vazando pelas claraboias até a superfície. Ao atingir o patamar da escadaria, não encontrou os que deveriam estar a postos vigiando a movimentação nos túneis, e após procurá-los, deparou com o trio mais afastado, engalfinhando-se ao pé do amontoado de pedregulhos. Em vez de cumprir sua tarefa, fodiam. Ao ver aquilo, os vigilantes encaixados uns nos outros como cães, sacou de um porrete e começou a sovar o lombo deles com força, as pauladas cantavam com sons surdos na carne e nos ossos, bateu até cansar e seu braço doer, até os gemidos mudarem de tom, substituindo a cantilena por um uivo ferido e uníssono, até seu braço ser detido pelo avô acompanhado do novo trio que cobriria o anterior. Olhou o porrete ensanguentado na sua mão como se nunca o tivesse visto e o jogou de lado.

A fumaceira aumentou, uma estranha agitação percorria o quilombo. Ao entrar na barraca e ver a amordaçada deitada na posição de um feto, a mesma da criança minúscula na barriga dela, também a da filha quando acamparam após a partida da mãe dela anos atrás, da filha, de quem mais, agora perdida como aquelas tantas palavras dentro da boca da desfalecida, presas pela mordaça, palavras esquecidas por ele próprio, palavras perdidas para sempre: cidade, casa, cama e a cama na casa na cidade, isso. Pensou na orientação exercida pelo avô, um homem que mal concatenava palavras, pois nunca as tinha aprendido. E na pequena amordaçada: era alguém cujas palavras não saíam mais pela boca, alguém que guardava um segredo, talvez um segredo perdido. Observou as pálpebras fechadas dela e, ao longo dessa sucessão de instantes em que a observou, achou que enlouquecia: se a saudade enlouquece, já estou louco, não tenho mais conserto, só desconcerto. Que segredo essa pequena está guardando pra mim.

 O avô logo surgiu com o alicate nas mãos. No assentamento as vozes das mulheres subiam e seus cantos corriam pelos túneis. O avô posicionou o alicate e rompeu o cadeado como se fosse de papel e a silenciosa abriu os olhos. Os bandos procuravam conter suas companheiras, abraçando-as, nos casos mais descabelados lhes tapando a boca e sussurrando calma, está tudo bem, calma, no ouvido delas. Ele retirou a mordaça do rosto da pequena e a aguardou dizer alguma coisa, qualquer coisa. A tentativa de conter as mulheres surtiu efeito contrário, levando à gritaria mais desbocada.

 Da estreita faixa da margem, a multidão recuou em direção ao rio. O pânico disparou quando uma mulher se afogou no torvelinho escuro, com mais gente caindo pela beirada. As grades das claraboias foram arrancadas do teto do túnel, desabando nas águas. Os homens do bispo com fuzis a tiracolo irromperam no quilombo dependurados em cordas, atraídos pela catarse mesma que, agora sabiam, apenas antecipava a invasão. Os invasores se fizeram ver por meio das fagulhas das armas sendo disparadas contra os bandos que se dispersavam em desordem pela margem.

Ele retirou a pequena silenciosa do interior da barraca e pisoteando a brasa das fogueiras se enfiou pela ramificação de túneis no sentido do mangue do metrô abandonado, ofegante com o corpo grávido dela nos braços. O choque dos seus calcanhares ossudos contra o piso encobriu os estampidos na distância, até o alarido não ser mais escutado. Ao depositar a pequena na margem, o silêncio dela somado ao do mangue em cuja superfície metálica borbulhavam as carpas, ele buscou no seu rosto algum reflexo da filha, o seu riso torto, seu ar de reprovação ao ouvi-lo fazer sua promessa, enquanto os olhos dela se abriam devagar como duas janelas para um triste mundo feito de realidade.

Com a boca colada no ouvido da silenciosa, ele disse, minha filha ficou lá na plantação de onde você fugiu, não foi, a minha filha, ela continua lá, a minha filha, ele perguntou, onde está a minha filha. Olhando para a abóbada tisnada do buraco onde estavam metidos, a silenciosa aproximou a boca do ouvido dele, seu hálito era fervilhante e o perturbou, murmurando algo que em princípio ele não entendeu e depois negou, algo inesperado que o ofendeu e ele não quis entender, algo que permaneceria em sua cabeça por muito tempo depois daquele dia como uma dúvida, uma pergunta em vez de uma resposta, algo que lhe soou como uma condenação.

Pai, ela disse, por que você me abandonou.

Em seus braços, a pequena observou as corcovas prateadas despontando na água, as barbatanas se aproximando da beirada ao alcance de sua mão. Ouviram disparos e surgiu na distância um ponto dourado e brilhante se movendo no ar enegrecido da margem do rio, um ponto aumentando e vindo na direção deles. Uma bala zuniu a um palmo da cabeça dele e reconheceu a cara do avô sob o capacete dourado, seus dentes na boca escancarada devorando oxigênio enquanto escapava à perseguição. A poucos passos de onde estavam, o avô estacou com firmeza, girou sobre o próprio eixo e arremessou a lança, que após um voo exato se alojou na garganta do perseguidor, agora visível graças ao esguicho de sangue desenhando a morte no ar do túnel inundado de breu.

Ao confirmar a precisão do lançamento, o avô se voltou para o lado dele com um rasgado sorriso de satisfação e seus dentes explodiram com o restante do maxilar como uma bomba avermelhada, interrompendo a corrida no meio, seu corpo erguendo poeira na margem e o tempo suspenso na cara esfacelada do avô no chão, o avô enfim estava liberado da sua obrigação de o guiar através deste limbo entre céu e inferno, na travessia da vida, enquanto a pequena rolava devagarinho do seu colo como uma laranja rolaria no asfalto ou qualquer outra coisa redonda rolaria, uma laranja com vontade própria, que desejou sumir nas águas daquele mangue subterrâneo.

Após o engolir do corpo dela, imagens surgiram na superfície negra da massa quase imóvel do rio, era um dia de inverno, ele atravessava a rua de volta do Futurama de mãos dadas com a filha, a sacola de compras que carregava se rasgou e uma laranja caiu, rolando pelo asfalto entre automóveis em alta velocidade. Soltando de sua mão sem aviso, a filha perseguiu a laranja, correndo no meio dos carros, até cair de joelhos e rolar ela própria como a laranja rolava, quase sendo atropelada: o para-choque do táxi brecou a um metro dos olhos esbugalhados da menina.

De bruços na margem, com a pergunta da silenciosa ainda aterrorizando a memória, ele deixou de vasculhar as águas do rio. Do lado de onde o avô viera, emergiu um homem da cortina de pólvora, parecendo mais alto do rés do chão onde ele permanecia flexionando os braços, a meio ímpeto de se levantar: foi atingido na cara pela coronhada dada com o fuzil, que o devolveu ao interior do apartamento onde passou toda a vida adulta, no edifício que tivera a porta bloqueada por tijolos e cimento.

Estava no corredor apagado, tinha descalçado os sapatos e reconheceu o piso de tacos faltantes, tantas vezes pisado, ferindo seu calcanhar direito, ainda carregando a sacola de compras furada na mão e a laranja dourada no punho cerrado tão forte que quase a esmagava, do fundo do corredor vinha um ruído agudo e intermitente, a princípio irreconhecível, saído de algum ponto entre os quartos e o banheiro, um som que ele demorou a reconhecer como sendo o da voz da filha, lembrava um pranto mas com volume tão baixo quanto o de um murmúrio, e vinha do quarto dela, para onde ele se dirigiu com pressa, abandonando a sacola e a laranja que voltou a quicar e a rolar no piso, só que agora já não havia automóveis em movimento como antes na rua, quando voltavam do Futurama, agora ambos se encontravam seguros dentro de casa, e com uma boa provisão de laranjas, e ao chegar ao quarto da filha notou que a voz dela saía de um furo no colchão, o mesmo onde ele guardava o maço de dinheiro para qualquer eventualidade, para o caso de um meteoro atingir a terra e destruir todo o sistema mundial de comunicações, ele pensava, comprometendo assim o funcionamento dos bancos e o consequente prosseguimento das transações comerciais que o impedissem, por exemplo, de comprar uma laranja, uma laranja dourada para saciar a sede da filha, assim ele considerou por bem recuperar o dinheiro, enfiando primeiro a mão no furo do colchão, depois o braço esticado, foi aí que verificou quão fundo era o colchão, algo que nunca havia percebido, e enfiou o tronco até a cintura chegando às pernas, até ser engolido pela parte interna do colchão, quem diria, um colchão de cama infantil com interior tão vasto, e ele caminhou sobre o piso de espuma que cedia maciamente à pressão dos seus pés, graças à densidade de nuvem da espuma, e percebeu que pisava os sonhos da filha, afinal o que recheia os colchões senão os sonhos de quem se deita neles, e caminhou seguindo o murmúrio que agora era uma risada, à procura do maço de dinheiro que não aparecia em nenhum canto, nem nas colinas de espuma, nem no céu de espuma ou nas nuvens e no sol de espuma, até adentrar o deserto de espuma que se estendia infinitamente, e ele caminhou por dias e noites, por semanas e meses, por anos e séculos através daquele deserto de espuma sem fim, foi quando percebeu que chegou à fronteira e agora vagava pelos pesadelos da filha, naquele momento surgiu um homem sentado a uma mesa diante de sua filha, que também estava sentada numa cadeira à mesma mesa, a filha parecia meio alegre, era uma mesa de bar no meio daquela imensa zona oeste de espuma, o sujeito em questão despejou alguma droga no copo da filha que olhava para o outro lado, para o sol de espuma, para os passarinhos de espuma que levitavam acima das nuvens de espuma, ela bebeu do copo e adormeceu em cima da mesa, passando a ter os pesadelos de espuma que recheavam o mundo onde ele estava encerrado, um mundo em forma de laranja que já não era dourada, cuja casca perdeu a cor e apodreceu rapidamente, um mundo onde laranjas cruzavam o asfalto perigosamente entre automóveis em movimento, centenas delas, e o sujeito em questão ergueu a filha no colo e a levou através do deserto de espuma, enquanto ele ficava ali parado com os olhos bem abertos e fechados ao mesmo tempo, com seu corpo de espuma, com seus braços de espuma e suas mãos de espuma, estático, molenga, vendo o sujeito em questão arrastar sua filha pelo deserto de pesadelo, parado, em pé, com seu coração de espuma no peito de espuma, sem fazer nada, sem reação nenhuma.

4.
A plantação

A chuva arremetia como estilhaços de vidro nas feridas das costas de homens e mulheres, o sol não passava de uma lembrança. Demoliam túmulos, jazigos e mausoléus com marretas e picaretas. Por um instante reteve a pá que usava para remover o entulho e observou os retratos escorridos na lápide em frente, em pequenas molduras ovais, o pai de bigode e paletó, a mãe de brincos e um broquel no busto, filhos e filhas todos parecidos entre si, a evidente degeneração causada pelo sexo entre parentes, entre parasitas. Nos retratos, todos eram brancos.

Do alto dos blocos de cimento o feitor estalou a chibata e um dos três agulhões de aço das pontas lhe triscou o ombro, deixando um talho fino e profundo. Ele encheu a pá com pressa e a despejou na carroça à espera, que logo partiu, puxada por um magricelo que bufava e gemia à beira do desfalecimento. Atravancada pelos pedregulhos da trilha, a carroça se perdeu no terreno onde homens trabalhavam feito vermes num cadáver de véspera.

Sem liberdade para se deter no que ia à distância, ele juntou os destroços da lápide com os pés, lascas de azulejos e das estátuas desmembradas se esparramando pela laje sobre a qual enxadas se entrechocavam com estardalhaço; seus pés, embranquecidos pela cal. Entre a asa amputada do querubim e o nariz caído da virgem, recolheu a moldura ovalada de ferro com o retrato de uma jovem cujos traços não pôde divisar, a não ser pelos olhos empoeirados, são olhos familiares, olhos de debaixo da terra, enfiando-a na saqueira do esfarrapado calção da seleção nacional sem que ninguém percebesse, a não ser o companheiro ao lado. Essa aí veio do pau e ao pau voltou, sibilou o companheiro entre dentes. Nasceu, fodeu. A vida é meio previsível. Ao perceber os cochichos, o feitor se mexeu do amontoado de cimento e pulando por cima do entulho pousou entre os dois, dizendo que se dessem mais um cacarejo passariam a noite no pelourinho.

Os dois retomaram o trabalho e o feitor partiu, a fim de trocar seu turno de vigia com o substituto vindo de outra área do cemitério. Avançando no sentido norte, o terreno já se encontrava livre da pavimentação, a cor sanguínea e rediviva da terra, mescla de ocre dos tijolos com predomínio dos torrões grudando nas rodas dos carrinhos de mão e carroças, um barro tão pegajoso que obrigou o feitor a diminuir o passo e a retirar com a baioneta do fuzil o excesso das rodas de uma carroça atolada no barranco das covas a descoberto. Os homens que aravam o terreno antes ocupado pelos diminutos túmulos de crianças pediram água, mas o feitor os ignorou, seguindo caminho, sem prestar atenção nos olhos secos como poços mortos que o amaldiçoaram a sumir de vista, equilibrando suas chinelas sobre a muralha que contornava o cemitério, de onde se via o ferro-velho do lado externo obstruindo o acesso ao lugar: carrocerias, esquadrias metálicas retorcidas, tampas de bueiro, novelos de arame, transformadores quebrados, restos de crucifixos, uma montanha de bugigangas de plástico, únicos objetos a preservar suas cores, ainda que desbotadas, colchões queimados e trapos grudados pela chuva que os metamorfoseou num extenso tapete cobrindo a rua.

O feitor seguiu pela muralha até seu substituto surgir, vindo da direção contrária. Ao se cruzarem, soltaram grunhidos mais parecidos a roncos de fome. O substituto refez o trajeto do antecessor com olhos voltados para o lado oposto, para o interior das muralhas, de cujo cimo se viam centenas de agrilhoados pelos tornozelos em fileiras se movendo ao longo dos jazigos demolidos, e a chuva que o vento trazia, borrando o panorama. Tapando a boca e o nariz com o pano amarrado no pescoço, o feitor flanqueou as picaretas que retiniam, agudas e melancólicas, contra as lápides.

Numa árvore sem folhas nem frutos, três enforcados eram lavados pela água fria e balançavam levemente ao vento. Em direção ao posto de vigia, o feitor passou debaixo dos ramos e gotas respingaram sobre sua cabeça pelada, a merda que escorria pelas pernas de um dos enforcados, chegando aos seus dedos dos pés, de onde gotejava. Limpando a testa com a ponta do pano que lhe tapava a boca, o feitor baixou da muralha ao mesmo tempo que a roda dianteira do carrinho de mão empurrado pelo magricelo que voltava de descarregá-lo se prendeu num buraco, levando ambos a soltar ao mesmo tempo uma praga. Entre os aros da roda, o feitor encontrou a lasca de uma tíbia, os estilhaços brancos do osso partido se destacando na lama preta de cinzas. Alguém tinha sido queimado ali.

Ele acompanhou o feitor desimpedir o caminho e depois continuar até seu posto de vigia e pensou, pois nada o impedia de continuar a fazer isso, a pensar, que não seria difícil estrangulá-lo, mas de que adiantaria, se continuaria preso àquela corrente. E pensou mais ainda, pensava dia e noite, tenho uma promessa, era o que o sustentava, a si e à doença que o carcomia, eu tenho uma promessa a cumprir. Sentia que além da promessa só um fio o mantinha em pé, e talvez o fio fosse a corrente presa ao grilhão no seu tornozelo esquerdo, talvez só se movimentasse devido ao deslocamento dos outros a quem estava acorrentado, como um boneco integrado ao mecanismo de um presépio mecânico fazendo-o erguer e baixar a pá em gestos regulares e monótonos, o boneco manufaturado por um artesão cruel, um gepeto malévolo, os elos daquela corrente conduziam à senzala, um barracão construído nos fundos do cemitério que dava para a rua que ele conheceu bem, pois nela existira a feira que frequentava às sextas, onde comprava peixe e mandioca na companhia da filha, uma rua que levava a outra rua e a outra rua e por fim os largava em casa, na cozinha de casa.

Agora não tinha feira, peixe, rua, casa e nem mesmo uma folha de jornal para se cobrir, seu despertador nada natural era o feitor. Onde estava sua filha, não sabia. Os homens dormiam juntos na senzala, à exceção daqueles que eram isolados como castigo e dos grupos aos quais eram delegadas tarefas noturnas. A falta de energia elétrica, no fundo, garantia àqueles peões o direito ao repouso, pois as demolições tornavam o terreno perigoso, a mão de obra estava longe de ser suficiente e o empreiteiro, o senhor bispo, não podia arriscar perder algum deles para acidentes de trabalho, com a perna quebrada no fundo de uma vala onde certamente teria de ser sacrificado.

De noite, ele se perguntou se o fato de dormirem juntos no piso de terra batida, onde a única fonte de calor vinha da proximidade dos corpos, calor constantemente sabotado pelo frio emanado pelo piso, se o catre conjunto os induzia à mesma suposição cujo teor invariável se fincava numa promessa de vingança, ocasionalmente vinganças, no plural, vinganças pequenas, comezinhas, acesas por traições amorosas, medianas vendetas fadadas ao esquecimento e vinganças grandes, poderosas vinganças, enormes inclusive, que eram regadas pela bile vertida por fígados doentes como o dele, os fígados inchados da esteatose, da necrose e da cirrose, implodindo em gordura e ferritina, epicentros das promessas de vingança não cumpridas, a serem executadas por aqueles que já não tinham o que perder.

Mas podia ter por ali quem sonhasse com outro destino, naquela corrente humana, naquela via-crúcis, iludido por recordações de um tempo morto, ele pensava nisso e também na filha perdida, ansiava reencontrá-la, a despeito de o desejo beirar o desvario, era o que sugeria o grilhão ferrado ao seu tornozelo, e que a filha estivesse em algum abrigo.

Virando-se na tentativa de adormecer, de escapar ao torvelinho do presente no qual sua consciência rodava como um rato à deriva na enxurrada e de naufragar no sono, deixando de fixar o teto de zinco por onde vazavam goteiras que encharcavam o piso e desistindo de procurar o reluzir de alguma estrela na rachadura acima da sua cabeça, ele encarou o companheiro ao lado, suas pálpebras arriadas, e pensou por uma última vez na vingança antes de adormecer, esse aí pode ser o sujeito em questão, o que fez aquilo com minha filha, posso estar acorrentado a ele, e se não for esse, será outro, quem sabe o arrombado não é mais um elo dessa corrente que me prende, talvez essa corrente seja a própria vingança que nos escravizou, a cadeia de um código de honra jamais rompida.

Não pensou na filha aquela noite. Como as orcas que eram adestradas nas prisões marinhas disfarçadas de parques aquáticos e se deprimiam, permanecendo com a barbatana superior murcha enquanto presas, algo que jamais acontecia em alto-mar, ele mantinha sua barbatana dos sonhos igualmente caída, só sonhava de olhos abertos, sonhos insones.

Ainda no escuro, os feitores açoitavam aqueles que não se erguiam de prontidão ao sopro do apito que os despertava, alguns sim, outros não, era sempre esse o seu caso. Apesar da exaustão não adormecia de primeira, o que o levava a acordar por último com uma porrada nas costas, às vezes um pisão nos rins ou no pescoço. E repetiam sua ladainha: aquele trabalho se destinava ao bem da coletividade sob a bênção do senhor, a administração do bispo defendia a ideia de que logo todos teriam o que comer e depois de algum tempo de serviço, aqueles que se mostrassem diligentes conheceriam a libertação, diziam os feitores, formariam famílias e povoariam a cidade, quem não quer uma mulherzinha, gemiam os feitores, haveria investimento para quem fizesse por merecê-lo com seu sacrifício ao senhor, o de reviver aquele campo-santo, o principal entre os que restaram sob chancela episcopal, diziam os feitores ao despejar conchadas da gororoba matinal nas cumbucas feitas de fundo de garrafa plástica, a sopa de rato, um líquido de ranço pestilento que levava aqueles de fígado mais frágil como ele, os hepatopatas como ele, os que se encontravam na penúltima estação da via-crúcis como ele, a devolverem o bocado no segundo em que lhes feria o estômago, levando os feitores a hesitar, logo depois retomando a chorumela de que em breve a qualidade do rango melhoraria, graças à dedicação deles ao cultivo daquele campo-santo, o antigo cemitério dos ricos da cidade, dos quatrocentões da capital com seus jazigos de luxo, de gente enterrada por séculos, um cemitério lotado havia tanto tempo que não recebia nenhum novo morador fazia décadas, nenhum morto pela febre foi enterrado ali, o que deixou seu terreno intocado pelos vírus e produtos tóxicos que depois contaminaram o restante da cidade, que inundaram lençóis freáticos, rios subterrâneos e consequentemente a terra, impossibilitada para o plantio, diziam os feitores, exceto pelos cemitérios, dos quais aquele era o principal, o maior, nenhum sujeito enterrado aqui comeu comida transgênica, diziam os feitores às gargalhadas, nenhum desse campo-santo sob a benéfica gerência do bispo e do trabalho dedicado desses homens aqui, repetiam, todos escolhidos pelo dedo santo do senhor para darem o melhor de si, pelo dedo médio em riste do bispo, sua contribuição àquela comunidade escolhida que era destinada às melhores coisas reservadas pelo futuro, vocês ressuscitarão o cemitério, gargalhavam os feitores recolhendo o panelão com restos e ossinhos de rato e retomando o relho, chicoteando as mãos estendidas dos peões ainda insatisfeitos, dos famintos que imploravam por mais uma concha da sopa catingosa, só uminha, de volta ao trabalho, diziam os feitores, amanhã tem mais.

Retirando pazadas da terra misturada ao cascalho e ossos dos túmulos, considerava como seria a vida interior dos servos de outros tempos e o que ia pelo espírito dos de agora, no que pensariam no intervalo entre a pá jogada na caçamba na primeira claridade e a última, quando suas forças já se resumiam ao necessário para seguirem vivos. Por isso sempre preferiu o isolamento:

era a única maneira de seguir livre e manter o seu caráter. Quase todos os homens são escravos por sua incapacidade de pronunciar a sílaba *não*, sabia disso, como era difícil pronunciar aquela silabazinha. No topo do lixão, com a coronha do fuzil apoiada na anca, o feitor o encarava, silenciando ameaças ou mastigando vento, seus olhos funestos disfarçados detrás dos óculos escuros. A cem metros dali, encoberta pelos companheiros que o impediam de localizá-la mas não de ouvi-la, uma cantilena que de início lembrou um uivo, depois evoluiu para o que podia ser entendido como rudimentos de uma melodia: um homem cantarolava um choro falando da família perdida, apagada pela poeira do tempo, da mulher que amou e dos filhos que viraram carne moída pela desgraça.

Os agrilhoados hesitaram ao ouvir as modulações daquela garganta, pás e picaretas desandaram seu ritmo de subir e descer e pelo menos dois deles engrossaram o coro. O que sobreveio foi os feitores baixarem dos postos de vigilância onde se encontravam, atirando-se na direção das vozes que subiam, entusiasmadas, chutando cascalho na cabeça dos peões. Ele viu quando um dos feitores, o mais balofo deles, um com quase dois metros de altura e de quem não conhecia a cara sempre encapuzada, viu quando esse feitor desembainhou a peixeira que levava na cintura e estendeu o braço esquerdo com a lâmina que degolou o cantor num gesto tão rápido e preciso que a cabeça, impelida ao ar pela truculência da ação do feitor e graças ao jorro de sangue da jugular, prosseguiu por alguns segundos, inadvertida, não mais que os necessários para um estertor, a cantarolar em pleno voo, enquanto o restante do corpo permanecia em pé e de braços abertos, como um tenor se dirigindo à plateia, dobrando-se lentamente no fim da ária em agradecimento e afinal tombando ao chão, erguendo a cal dos detritos.

O segundo que cantarolava emudeceu em seguida, graças à mordaça que era imposta aos que cantavam, protestavam, choravam, gemiam, peroravam, praguejavam, recitavam, babavam, agradeciam, uivavam, rezavam e puxavam o saco. O canto se alastrava como uma epidemia, ele percebeu naquela tarde na plantação, o choro contagiava como a febre. Se a mordaça falhasse, cortavam a língua do contraventor. Eram os métodos exemplares, não mais que esse o papel dos enforcados largados nas árvores até apodrecerem: exemplos, assim como a carniça emanada durante a noite daqueles frutos maduros chegando à senzala, trazida pelo vento do futuro que os aguardava a todos, perfurando consciências através das narinas dos vivos do presente.

O feitor balofo arrastou o cantor até o pátio em frente ao grande jazigo do cemitério, outrora pertencente à família dos patacudos que inauguraram as primeiras fábricas da cidade, jazigo que, como ele sabia, agora funcionava como as dependências do bispo. Diante da atenção dos demais, o cantor foi ferrado no piso de lajotas, de braços abertos e com a cara amordaçada para baixo, respirando lama, as bolhas de ar surgindo e explodindo na lama, seus pés juntos diante das fileiras que observavam em silêncio os feitores se revezando no espancamento, sorrindo e exagerando gestos por causa do movimento repetitivo dos braços, ai meu ombro, se queixavam os feitores, ai que canseira, e o que restava do ímpeto da cantoria foi definitivamente calado junto do cantor.

Enquanto a fileira em que ele caminhava entre escombros era reconduzida ao trabalho, a cortina de contas do umbral do jazigo foi aberta por uma mulher que saía, e no interior, de relance, oscilando na penumbra contrastada com o alvacento da manhã, identificou o capacete dourado que pertenceu ao avô, ao querido avô postiço de sua filha, ao avô cujos ossos agora enfeitavam as margens do mangue do metrô abandonado. Ornava a cabeça do senhor bispo que também saindo se recostou no umbral com a bíblia na mão, assistindo à passagem dos servos a quem benzia de longe com a mão direita erguida gesticulando sinais com relutância. Ao fazer isso, seu lábio leporino repuxava, exibindo os incisivos salientes, parecendo querer revelar algo ao mundo, um segredo que seria ouvido somente pelas moscas.

O trabalho com pás e picaretas maculou o silêncio antes propício àquele lugar de descanso e assim prosseguiu até a luz ser engolida pela cerração da noite avançando sobre os peões em marcha. Ao cruzarem o pátio de volta à senzala, o corpo do cantor permanecia lá, de bruços e abraçado às lajotas tingidas de sangue seco, sobre as quais as solas rachadas dos agrilhoados se arrastaram, deixando seu rastro de cansaço.

Fraquejou, sentindo que não chegaria a cumprir sua promessa sem o avô e preso àquele grilhão que o esfolava do tornozelo à panturrilha, quase lhe mascando a tíbia.

Seu fígado se esfacelava, tinha voltado a verter uma bile tão amarelenta quanto rancorosa e sabia que tanta assiduidade não se devia apenas ao sermão do feitor, que, ao repartir o caldo matinal em conchas, também soltava perdigotos de sabedoria, e deus engorda quem cedo acorda, disse o feitor balofo com a voz abafada pelo capuz preto naquela manhã, aqui estamos empenhados em plantar nesse campo-santo que o senhor preservou pra nós, disse o feitor, aspergindo o caldo da concha para os lados, respingando gotas nos cabelos dos acorrentados em fila e ao redor, pois aqui eram enterrados homens que, pelo fato de seus restos serem limpos e puros, assim preservaram esse campo-santo das contaminações que se estenderam pela cidade que nos rodeia, e dos gases, do plástico que leva quatrocentos e cinquenta anos pra se decompor, tão sabendo, ciclo igual ao das fraldas descartáveis com seu recheio imundo, ao das fraldas geriátricas dos velhos que noutros tempos eram levados pro café da manhã das onças no mato, disse o feitor balofo, esparramando as derradeiras conchadas no ar, já despreocupado em encher as cumbucas feitas de garrafas que os demais agrilhoados da fileira ainda lhe estendiam com olhos escancarados de preocupação, acotovelando-se na disputa da raspa da sopa que o feitor desperdiçava, intencionalmente ou não, excitado com seu próprio discurso, com suas palavras de entusiasmo, de modo a motivar os peões sob seu comando, mas essa terra miraculosa não recebeu nada disso, glória ao senhor, nada de fralda geriátrica e lixo tóxico, aqui só tinha corpos de homem, mulher e criança da melhor cepa, só gente cuja santa carne vai adubar nossa plantação futura, de onde vai germinar nossa alimentação e por isso vos digo, o feitor balofo disse transpirando sob seu capuz preto coberto de suor e de respingos, por isso vos exorto a trabalhar com toda a garra nessa jornada que se inicia, disse o feitor aos últimos da fila, de joelhos a seus pés, estendendo cumbucas vazias, trabalhem pois só o trabalho liberta e hoje é o primeiro dia da liberdade que se avizinha, disse o feitor se desfazendo da concha e logo a trocando pela chibata com a naturalidade de um malabarista de sinal de trânsito.

Após a ladainha, quando já arrastava ferro com os demais na obra, ele condimentava sua teoria sobre o papel do sermão no controle de parte dos peões, aqueles que não trocavam a esperança das promessas pelo risco do amotinamento. Grilhões eram insuficientes para manter homens aprisionados, não obstante ativos. Se caíssem em depressão ou fossem levados a crises de êxtase ou de glossolalia como os cantores do expediente anterior, ninguém mais trabalharia. Com isso, medidas de controle eram aplicadas toscamente, semelhantes às usadas nas igrejas, e depois das expiações os trabalhadores eram premiados com uma refeição extra, com algo sólido para mastigar apesar do gosto: tapioca, manteiga rançosa e café coado nas meias de judas.

Debaixo da garoa do meio-dia, acocorados nos beirais dos túmulos demolidos, submetiam-se a novo sermão em que as promessas matinais eram dobradas: em breve seriam livres, dizia o feitor, ganhariam salários e até moradias, nos galpões que todos construiríamos em mutirão nos arredores. Voltariam a ter uma mulherzinha parideira, se o senhor o desejasse, formariam famílias, por que não, disse outro feitor com a pinta de casamenteiro acentuada pelo capote preto que usava, parecido a uma batina esfiapada. Fuque-fuque, o feitor casamenteiro fazia com o fura-bolo no oco do punho fechado. Com olhos vagantes nas nuvens abarrotadas, os homens mascavam, moscavam e cuspiam tecos da carne de um bicho tão duro quanto ignorado.

Promessas os faziam trabalhar, não a corrente e o castigo, ele pensou enquanto expelia um fio de baba nacarada e transparente, aquelas promessas furadas eram uma forma de esperança, limpou o canto do lábio, iguais a uma cenoura dependurada na ponta da vara de pescar esticada à frente do coelho que arrasta sua carroça e corre para alcançar a cenoura oferecida apenas na condição de possibilidade pelo condutor da carroça, o coelho corre atrás da esperança em forma de cenoura e ao fazer isso despreza o cabresto ao qual está atrelado. É um eficaz sistema de controle, esse, pensou ao acompanhar seus companheiros se levantando, com bucho inchado e ferramentas nas mãos, prontos para o batente, e logo marretadas sacudiam o chão com sua esperançosa potência, pois todos ali estavam preenchidos de promessas, de promissórias, de cheques em branco sem assinatura. Era essa, afinal, toda a vida interior que tinham: cada um com sua cenoura pessoal dependurada numa vara que nunca alcançavam. Corremos para o precipício depois de termos colocado a cenoura à frente para nos impedir de vê-lo.

Ele também tinha sua própria cenoura em forma de filha, ou pior, na forma da vingança devida a ela, fosse qual fosse a arma usada na assinatura daquele cheque em branco, longa ou curta, rombuda ou pontiaguda, nada importava a não ser sua eficácia, pensou, lembrando do pequeno retrato emoldurado caído da lápide que guardava na saqueira do calção. Enquanto o feitor olhava para o outro lado, retirou o retrato e admirou as feições da morta, seus olhos cheios de ferrugem na fotografia, olhos de quem não desconfiava de que um dia morreria, de quem ignorava que estava posando para o retrato que enfeitaria o seu próprio túmulo. Guardou o retrato sem motivo, talvez pensando na filha, mas agora, ao reconhecer a ingenuidade daquela pose, não o queria mais e o arremessou na caçamba da carroça que levava entulho para fora das muralhas do cemitério, conjuntamente com a última leva de esqueletos exumados dos jazigos.

Pensar na filha o levou à pequena silenciosa, às palavras murmuradas por ela no seu ouvido antes de morrer, algo que preferia não ter escutado. Como ela podia ter se atrevido a dizer aquilo, algo que ele se recusava a aceitar. Enganou-se, ao confundi-la com a amiga da filha, a que ensaiava cantarolando para um musical na delegacia onde testemunharia. Pensou que a pequena também o reconhecera como o pai de sua amiga, a sua filha, mas não passou de um equívoco. Não quis acreditar no que ela lhe falou antes de sumir no rio subterrâneo, queria esquecer o que ela disse, algo que ele preferiu não entender. Algo que lhe plantou uma dúvida. No fundo tratava-se de esquecer ou lembrar, de realizar promessas e de não ter nenhuma dúvida. De seguir em frente. De ir, ir até o fim.

A terra fértil já se insinuava por debaixo da camada de cal, cimento e ossos. Outros carregamentos chegavam com ferramentas a serem usadas na plantação: arados, enxadas, ancinhos, rastelos e detrás das carroças vinham lotes de homens ferrados uns aos outros por algemas e grilhões, às vezes por coleiras, alguns até sorriam ao verificar o terreno limpo de construções e entulhos, pois só lhes restaria a lavoura, a moleza de plantar e colher. Em ocasiões também vinham rebanhos de mulheres, assim os feitores as tangiam e nomeavam, parideiras, reprodutoras, eram pecuaristas falando de vacas, mas essas não eram mais vistas após chegarem e serem presas pelos capitães do asfalto no curral dos fundos da casa-grande ocupada pelo senhor bispo.

***

Sem alternativa, os dias retrocederam e ele buscava compreender os eventos por meio da audição e do olfato, e o que mais lhe restava, da percepção dos movimentos que se iniciavam ainda de madrugada, através do comprimir dos corpos que não ficavam nem a um palmo uns dos outros. Com tantos recém-chegados, o espaço para dormir se reduzia, espremendo gemidos conforme a noite se adiantava, compondo um só gemido comum que se calava de repente, num estalido de súbito desligamento. O analgésico era o maior símbolo da civilização, pensava, massageando o músculo da coxa, a civilização em pílulas. Mas sempre tinha quem falasse dormindo e ele permanecia atento a qualquer coisa que fosse dita, entendia isso como a conversação possível e involuntária entre adormecidos, iniciada e interrompida toda noite. Essas vozes noturnas lhe traziam sinais da vida interior alheia, sinais que estava impossibilitado de captar à luz do dia, quando o único som provinha das marretadas.

Quando as vozes se calavam, o dia começava a se infiltrar no que ainda restava da noite pelo cheiro do estrume dos animais trazidos para o plantio; as sementes acumuladas no silo próximo à senzala atraíam pardais e o farfalhar deles se ouvia no escuro; não eram muitos, os passarinhos, e logo se tornavam inaudíveis, à medida que eram emudecidos pelo relinchar dos jumentos sendo encilhados, seus pios substituídos pelos apitos dos feitores seguidos do resmungo dos homens despertando e das chaves nos grilhões sendo abertos para que pudessem defecar na larga fossa onde cagavam em uníssono, única ocasião diária em que lhes era permitido fazer isso de cócoras e com as pernas livres da corrente.

Mais tarde, os miasmas da fossa se infiltravam no sono, empesteando a senzala e se acumulando ao cê-cê e à inhaca de saco, ao chulé dos pés embarreados aos quais, graças à ínfima separação entre um adormecido e outro, amanheceriam abraçados caso se descuidassem. O baque da merda atingindo o fundo da fossa continuava nos ouvidos ao longo das horas, assim como o esvaziamento do intestino dos adoentados, feito em pé e sem largar o cabo da enxada, a borradela escorrendo pelas pernas deles e os jumentos, os recém-chegados, os arados, as carroças, os serões intermináveis que suportavam de cumbuca vazia na mão, os calos, as bolhas nas mãos, as saudades dos analgésicos, esse suplício acabou por apagar os marcos tumulares que tinham necessitado de um par de séculos para serem erguidos, a civilização, e exceto pela permanência da casa-grande ocupada pelo bispo, a cada dia mais próspera, e pelas muralhas, o cemitério deixou de existir e em seu lugar ressurgiu o campo, árvores com ninhos e ovos, ravinas e mudas de plantas carregadas em carrinhos de mão, sulcos avermelhados no lugar dos túmulos, o campo arado e depois semeado, o milho, a mandioca, a cana-de-açúcar, o engenho, o frescor da água e o alívio momentâneo das gotas espirradas pelos regadores ao tocarem os ombros curtidos dos peões cruzando a lavoura: floresceu a plantação.

Outros enfermos morriam, mas não ele, outros enforcados decoravam galhos, mas não ele, outros homens cantavam, gritavam, urravam e choravam, mas não ele, pois tinha uma promessa a cumprir.

Nos crepúsculos em que chegavam rebanhos de mulheres, ele as observava de longe à procura de localizar entre o rosto delas o rosto da filha. São pro abate, escutou de uma voz ao seu lado, vão levar elas lá pro barraco da chefia, a voz pertencia ao rapaz a quem ele estava acorrentado à direita, não tinha mais que vinte anos, o rapaz, descalço como os demais e, a não ser pelo calção esfrangalhado, não vestia roupa alguma. Tinha tatuada no ombro a cara de um rapeiro ou talvez de um líder político, o desenho não era de qualidade, não tinha contraste. O bispo só mastiga filé, continuou o rapaz, não curte nervo nem pelanca — a frase foi cortada no meio pelo fustigamento em sua nuca, sucedido por outro, agora nele, que não disse nada e calado permaneceu. A pele da nuca do rapaz, ferida pela ponta trifurcada, inchou na hora e três fios de sangue de um vermelho vivo brotaram, escorrendo pela lateral do pescoço, encobrindo a cara do rapeiro ou político, talvez fosse ambas as coisas, ele se perguntou o motivo de não usarem tinta branca em tatuagens, seria lógico usá-la de modo que as tatuagens se destacassem na pele.

Aqueles fios de sangue pareciam escorrer do corte que a filha sofrera na infância, após uma queda de bicicleta, talvez do balanço no parquinho da praça do bairro, foi um susto para ela, mas não passou de um machucado superficial, fios de sangue que limpou com água oxigenada e mertiolate, depois decorado com um curativo do tipo bandeide, que ele grudou sobre o corte logo acima do joelho direito da menina. Ao enxugar as lágrimas, a filha notou o curativo retangular destacado contra a pele da perna e voltou a chorar. Imaginando que a dor tinha voltado ou que a parte adesiva estaria repuxando os pelinhos da perna dela, ele se surpreendeu ao ouvi-la dizer que todos os colegas da escola veriam aquele curativo e daí descobririam que ela caiu do patinete, isso, foi uma queda do patinete, ela ainda estava aprendendo a andar e se machucou, e daí a chamariam de idiota, de songamonga, ela disse choramingando, eu quero um curativo que não seja colorido. Ao ouvir aquilo ele acariciou o cabelo dela e a abraçou. Enquanto a filha deixava de soluçar, examinou a embalagem do curativo e notou que o fabricante havia retirado a frase afirmando que o produto tinha a cor da pele, uma frase que era motivo de preocupação para ele desde a infância, quando descobriu que a cor do curativo, apesar do que a embalagem prometia, não tinha a mesma cor da pele deles.

O sangue sólido já cobria a boina e os óculos escuros do líder político no ombro do rapaz tatuado e o rebanho de mulheres desapareceu no curral nos fundos da casa-grande.

A umidade exalada pela plantação o envolveu no rumo da senzala e sentiu o cheiro subindo do mato, a terra das ravinas aradas mais cedo naquele mesmo dia se enfiando entre os dedos dos pés contra sua vontade: que falta faziam analgésicos mas também sapatos. O viço levou o feitor balofo a conceder aos agrilhoados uma dose extra de sermão, sintam com essas patas os brotos que florescem em obediência ao olhar do senhor bispo, disse o feitor balofo, e às mãos do bispo, que são as mãos de vocês e graças aos pés do senhor, que são vossos pés, amados trabalhadores. Agora terão o merecido descanso nas acomodações que a música de toda a criação lhes concedeu, onde sonharão com o futuro em suas cabecinhas deitadas nesse confortável campo-santo, disse o feitor balofo, o qual ele considerou que talvez tivesse sido um colega de ofício no passado, sem dúvida um colega medíocre, e o melhor de tudo, disse o feitor: amanhã bem cedo vocês acordarão para outra gloriosa jornada. Tenham uma agradável noite.

Na janta observou o tatuado próximo de onde estava sentado, de pernas cruzadas no chão, sua cabeçorra e o modo como se dirigia àqueles ao redor. Os peões ouviam atentos o rapaz. Sem dúvida, tratava-se de alguém com vida interior profusa. Depois adormeceram. Ele despertou quando o lusco-fusco da aurora mal esboçava os primeiros traços da realidade. Exercitou os olhos, fazendo ginástica com as pálpebras sob a fraca incidência de luz. E o percebeu, caminhando entre as fileiras do pavilhão, macilento de tanto abusar da sombra: exceto pelo capacete dourado, estava nu. Vagava entre os deitados, a quem observava com atenção, dobrando-se de vez em quando como se aferisse o crescimento das couves. Tinha o corpo liso, a barriga redonda e o sexo despontava como um minúsculo verme pálido entre as pernas. Logo deixou de avaliar os homens e saiu da senzala em direção à estrebaria, onde acariciou de passagem as orelhas de uma mula, seguindo dali à plantação. Contorcendo-se de maneira a não repuxar a corrente que o ferrava aos outros, observou a figura do bispo se equilibrando pelas valas, às vezes estacando a fim de observar algo que parecia fora do seu alcance, algo que o bispo revirava com um graveto que colheu no solo, até os primeiros reflexos do dia no capacete dourado serem encobertos pelas folhagens e a figura do bispo desaparecer para os lados do curral das mulheres.

Foi despertado em definitivo por dois pisões na sola dos pés, o que o fez mancar por todo o expediente. A rotina da plantação era igual à da vida comum: nascer e se foder todos os dias, ele pensava enquanto as semanas recuavam, sentindo falta do período em que trabalhou na editora de livros didáticos, algo a ver com a natureza do seu ofício, às vezes diariamente por dezoito horas. Na editora ao menos pagavam hora extra, vale-transporte, vale-refeição e até plano de saúde, o que lhe possibilitou não gastar um só centavo quando a filha nasceu naquela maternidade do centro, bem no dia em que a cidade era agitada por manifestações de trabalhadores graças à greve convocada pelos sindicatos. Sempre brincava com a filha, dizendo que ao nascer ela havia furado uma greve geral. E ela respondia, dizendo que não tinha nascido para ser pelega e sim piqueteira. Rindo, a filha costumava dizer que só nasceu naquele dia porque tinha urgência de se juntar aos grevistas.

Perto das muralhas, observava a chegada dos rebanhos cujos olhos e dentes extremamente brancos lhe transmitiam horror à distância, a partir da sombra que elas percorriam e de onde não sairiam jamais, a não ser multiplicadas em outras mulheres paridas por elas próprias, em filhas que não lhes pertenceriam. Ele amaldiçoou sua doença tão vagarosa e indecisa e desejou morrer, talvez a sorte de ser atingido por um raio igual ao que caiu em cima de uma árvore no meio da plantação o reduzisse a um tronco esturricado na paisagem do cemitério. Distante, o rosto das recém--chegadas era indistinguível. Ele cravou a enxada na terra escura da vala, removendo o excesso e abrindo passagem para o arado puxado por três peões. A manobra o conduziu à margem da trilha calçada por onde o rebanho se dirigia ao curral. Caminhavam devagar, com passos tolhidos pelos grilhões. Ele apoiou os braços no cabo da enxada e tirou o suor da testa com a mão. Fazia um dia quente e moscas zumbiam ao sol. Os rostos saíram da sombra da muralha e se expuseram à luz. Protegendo os olhos com a mão sobre a testa, ele procurou a filha entre as mulheres. Encontrou um rosto idêntico ao dela, só que envelhecido, o rosto que a filha teria no futuro. A boca sem dentes lhe sorriu murchamente, ou riu dele, da sua desgraça. Podia ser a mãe de sua filha ali, entre as parideiras que chegavam, alguém que em algumas ocasiões ele desejou reencontrar somente num cemitério. Agora ambos estavam no cemitério e continuavam algemados, se não mais pelo casamento, dessa vez pelos grilhões.

De noite, o suave gemer de correntes vindo da fileira dos peões deitados mais acima chamou sua atenção. Era um triscar repetitivo de metal contra metal. Acorrentados, dois homens se amavam. Ao fechar os olhos com força, considerou que poderia simplesmente não abri-los de novo: o feitor balofo o espancaria, mesmo assim ia seguir de olhos fechados até não poder ver mais nada, mesmo que quisesse. Seria melhor morrer durante o sono. Mas, como na manhã anterior, seus olhos se escancararam assim que a botina do feitor espremeu o grilhão contra seu tornozelo. Quando foram conduzidos à lavoura, percebeu que um dos amantes era o tatuado do outro dia, e que o companheiro dele carregava tatuagem idêntica no ombro, o político de boina e óculos escuros cobertos de sangue, uma imagem que ele passou a perseguir nos agrilhoados na fila da boia e ao longo do expediente no roçado, nos companheiros de serão, nas noites de insônia, em corpos deitados bem nas suas fuças e no cagatório da geral, até encontrá-las, as tatuagens, como num jogo dos sete erros, no sujeito forte e mais velho com sotaque arrevesado que puxou arado com ele por um dia inteiro, e no magricelo que praguejava de modo igualmente confuso, o que o levou a se perguntar de onde viriam aqueles sotaques, pois não eram da região. Depois confirmou, ao escutar o tatuado cochichando no ouvido do amante noturno, que todos aqueles homens marcados com o mesmo estigma, e o amante era mais um deles, não passavam de imigrantes que antes se viravam como camelôs de badulaques nas proximidades das estações de metrô do centro, onde vendiam roupas de marcas pirateadas sobre plásticos azuis estendidos nas calçadas, aparelhos eletrônicos que não funcionavam direito e tênis falsificados, sempre preparados para darem no pé assim que o rapa surgisse, tênis falsificados que, no mesmo instante em que as solas do primeiro deles a chegar carimbaram a poeira desta cidade, começaram a caminhar para trás.

Na colheita da safra do milho ele pensou que aquele cemitério o enterrava já fazia quase um ano. Agora podia calcular o tempo através do crescimento das plantas, das barbas das espigas e dos erros de diagnóstico. Metidos no milharal, os agrilhoados podiam ser entrevistos somente em partes, graças aos chacoalhões nos pés ao colherem milho. Notou quando as barras de ferro do crucifixo que havia sido retirado do túmulo da jovem morta por causa dos ciúmes do noivo, sim, as histórias sobre os sepultados naquele cemitério tinham corrido de boca em boca, acompanhou as barras de ferro sendo passadas de mão em mão, em segredo, escondidas pelas folhagens, como bastões numa prova de revezamento, as barras ameaçadoras e amareladas pela oxidação das chuvas que caíram por décadas sobre o túmulo de onde foram subtraídas, o túmulo de onde o crucifixo tinha sido retirado, testemunhou aquelas barras de ferro chegarem às mãos do tatuado, que as enterrou com rapidez sob o tronco da árvore atingida pelo raio, ainda retorcida e fulminada no terreno da plantação, longe das vistas dos feitores. Ao se levantar, o tatuado cruzou olhares meio tortos com ele, que fingiu não ter visto nada.

O tatuado continuou a trabalhar na colheita com os demais rapazes, o amante noturno e o homem mais velho, todos com suas tatuagens nos ombros, o político de boina e óculos escuros que lhe sorria com simpatia, despejando espigas nas caçambas das carroças e as conduzindo ao celeiro nas dependências da casa-grande. Foi lá, ao descarregar a caçamba no celeiro, logo atrás da construção ocupada pelo senhor bispo, no curral tão grande quanto a senzala onde os agrilhoados passavam as noites, que apareceram as mulheres, uma porrada delas deitadas nas esteiras dispostas em fileiras, sentadas lado a lado, estiradas nas redes estendidas nos pilares que sustentavam o teto.

Ao se curvar sobre a caçamba para abraçar mais espigas, cujas palhas lhe espetavam a pele do pescoço e da cara, ele disfarçou sua inquietude ante o feitor balofo que a tudo observava e mirou mais detidamente as mulheres: eram jovens, algumas não chegavam a ter doze anos, ainda com aquela expressão infantil no rosto de quem vê o inferno do mundo como uma brincadeira que deixa algum sobrevivente.

Ao despejar a braçada de espigas, um grito de regozijo vindo do curral o atraiu. Uma menina pequena saiu pelo cercado, ainda vacilante nos primeiros passos: gritava, sorria e olhava para trás, à espera de que a perseguissem pela plantação, marcando a terra recém-regada com suas sandálias minúsculas, sandálias rosa, imprimindo suas pegadas no chão, o cheiro da terra úmida subindo. Devia ter feito aquilo várias vezes, a terra estava toda pisada. Logo apareceu a mãe atrás da menina. Ele parou ao vê-la de costas, sua cabeleira armada como uma coroa de arame, era sua filha ali, o destino a devolveu, está correndo atrás da minha neta, que nunca esperei, correndo atrás do futuro do meu sangue que saiu de mim e agora volta pra mim. Caminha pela primeira vez na minha direção, de novo. Ele se lembrou de quando a filha aprendeu a caminhar.

Quando as duas saíram de vista, afugentadas pelo feitor, de volta ao curral sem que visse seus rostos com clareza, prosseguiu abraçado às espigas até ser quase coberto pela carga despejada por uma carroça, vendo nas nuvens de espuma a primeira vez que a filha caminhou na direção dele de braços abertos, quando ela aprendeu a caminhar, com um sorriso parecido ao daquela menina, o riso de quem escapava, de quem tinha pernas para sumir, e saiu vagando como se não estivesse condenado a um propósito, voltando ao ponto onde devia colher nova braçada a ser levada ao celeiro. No caminho, espichou o pescoço para os lados do curral sem conseguir ver nada, mas dentro de sua cabeça a filha e a neta estavam reunidas com a avó, que ele achava ter visto no rebanho recém-chegado no outro dia. Sentiu ciúmes em vez de paz.

Vieram as chuvas. A senzala era desprovida de paredes e a ventania arrastava suas correntes pela noite, zunindo pelo pavilhão. Na hora da janta um turbilhão de insetos rodeava em espiral as chamas dos lampiões e o absorveu. Enquanto mordia o sabugo, seu dente da frente se soltou, ficando preso junto aos outros dentes do milho. Estava frouxo desde a coronhada que levou ao ser capturado no quilombo. Agora só lhe restava sorver o caldo e chupar o osso. Quando o feitor despejava a concha em sua cumbuca, um inseto caiu no meio do grude e ficou batendo asas, girando, aos rodopios, preso no torvelinho do presente, se afogando em círculos. Ele admirou sua obstinação até o último estertor de asa, até o inseto deixar de se mover. O céu era iluminado pelos raios, clareando as fileiras onde os peões se esticavam para dormir. Tanta luz de noite, ver a cara dos outros não lhe amenizava a insônia. Buracos no lugar de olhos, covas em vez de bocas. A saraivada de gotas repicou no zinco do telhado. Não esquecia aquilo que a pequena silenciosa tinha lhe dito antes de rolar e sumir na superfície de metal do rio. Não esquecia mas queria esquecer. E o que ela disse, o que foi mesmo que ela disse, o que foi. A dúvida se dissipou no sono entrecortado pelas descargas elétricas dos relâmpagos, levada pela ventania.

Pela manhã, quando saíam para enfrentar as ravinas enlameadas da lavoura após a tempestade, observado pelos outros animais da estrebaria como se o repreendessem por seguir deitado àquela altura do expediente, quanta preguiça, um jumento restava duro no chão, a barriga inflada rodeada de moscas, com as patas esticadas para cima ainda na posição do momento em que fora atingido pelo raio.

O feitor balofo o soltou do grilhão, a ele e mais alguns, incluindo o tatuado, e ordenou que escalassem a torre da caixa-d'água através de uma estreita escada de ferro lateral. Teriam de desentupir o encanamento, obstruído por folhas apodrecidas e ratos mortos. A escada ultrapassava vinte metros de altura, o que lhe despertou o receio de sofrer alguma fraqueza decorrente da enfermidade, não tendo forças para alcançar o topo. Podia ser que a vertigem o levasse a regurgitar na cabeça dos companheiros durante a subida, que em retaliação o jogariam lá de cima. A escada seguia firme, a despeito do que sua aparência sugeria, a não ser quando a ventania bateu a meio caminho, trazida pela chuva. Os degraus se tornaram mais lisos a cada metro vencido, ele os agarrava com firmeza, apoiando o pé manco com cuidado e impulsionando seu peso magro. Ao se aproximar do topo a planta enlameada do pé resvalou e ele pendeu, deslocado, seguro apenas pelo lado esquerdo do corpo, o braço e a perna trêmulos, a cara exposta às agulhadas da chuva. Cerrou com força as pálpebras para não encarar a altitude e sentiu a mão do tatuado que o seguia logo abaixo se fechar em seu tornozelo direito, reconduzindo-o ao prumo da subida.

Já no alto, agradeceu a ajuda com um aceno mínimo da cabeça. Outra escada menor conduzia ao interior da caixa-d'água e ambos a desceram até o fundo inundado por cinco palmos de detrito lodoso misturado à chuva. Desenrolaram o feixe de cabo de aço que haviam içado com auxílio de cordas e passaram a enfiar com dificuldade o cabo pelo encanamento adentro, empurrando-o a oito mãos até a obstrução ceder e a água parada, formando um círculo em torno ao ralo do encanamento, afinal escoar.

Ele olhou o torvelinho e se perguntou se a partir daquele instante o presente retomaria seu curso natural, se o tempo fluiria em ordem. Quando voltou a si, sua garganta tinha sido agarrada. Assim que vazar essa lameira aí nós vai voltar lá pra baixo, disse o tatuado com a mesma garra que acabara de impedi-lo de cair lhe apertando a traqueia. Mas antes guarda isto: se tu falar das barra de ferro que tá enfiada lá debaixo do tronco, tu vai cantar no fundo de uma vala, tá ligado. Diz que entre os animal só o homem sabe que vai morrer, disse o tatuado, se é assim, por que o animal preso rói a própria perna pra escapar da armadilha. E por que tu não faz o mesmo pra escapar dessa coleira. De perto o olho direito do tatuado tinha o brilho branco do glaucoma e sua voz ecoava no concreto do reservatório, chocando-se nas paredes e amplificando a ameaça, ainda que mal fosse sussurrada. Os dois companheiros observaram o tatuado meter dois dedos nas narinas dele, enfiar o indicador e o médio até a metade dentro do nariz dele, enquanto o corpo se revirava em agonia no ar, com a cabeça presa contra a parede e as pernas correndo no vazio. Quando a garra do tatuado soltou seu pescoço, ele se dobrou sobre o próprio tronco e desengoliu o almoço, que escorreu até a boca do encanamento, aumentando o torvelinho ao redor do ralo; de quatro patas, arriado no piso, notou com terror que o vômito girava ao contrário, como se estivessem todos do outro lado da vida.

O tiro zuniu a meio palmo da caixa-d'água, interrompendo a vertigem; deviam descer imediatamente. De volta à laje, observou as transformações no terreno do cemitério. Do topo era possível ver a plantação e ao sul localizou o pórtico da rua coberta de entulhos, cercado de guardas armados sobre a muralha. À direita apareciam a senzala e a estrebaria. Mais além, a casa-grande do senhor bispo, arrodeada pelas nódoas verdejantes do jardim onde se destacavam as mulheres agachadas sobre as flores, com rastelos e enxadas nas mãos, e uma delas regava o gramado com a mangueira, acima de onde, a alguns metros do jato d'água, se formava um arco-íris anão. A cena parecia recortada de alguma revista publicada em outra época, em dias melhores.

Ao apoiar os pés nos degraus de ferro na descida, ele deixou de olhar o panorama e se concentrou em não despencar, calculando passos em marcha a ré com precisão e vagareza para que os outros, descendo mais abaixo, ganhassem certa distância, assim evitando que o tatuado alcançasse seu tornozelo e o lançasse ao vácuo. Em sua mente permanecia a visão da casa-grande e seu jardim, do arco-íris causado pela irrigação das flores. Se a rua coberta de lixo e os prédios arruinados extramuros fossem apagados, restaria o quadrilátero da plantação reproduzindo uma fazenda de quatro séculos atrás, o refazimento do mundo segundo o bispo, atendendo a ordens ditadas às suas orelhas pela voz sussurrante do deus pai. De onde estava, não era possível enxergar o curral.

Homens se encurvavam sobre a terra, seus braços revolvendo raízes e blocos endurecidos de barro, arrastando palha nas carroças no ritmo dos estalos no ar. Ele e os companheiros foram encadeados à corrente e lhe coube ficar na companhia do tatuado, que o fitou nos olhos com frieza, insatisfeito com a proximidade. Conduziram os agrilhoados à casa de ferramentas, onde recolheram pás e enxadas e de novo ao roçado de milho. No trajeto tiveram o caminho atravessado pelo carrinho de mão empurrado pelo feitor em direção à vala onde era jogada a lavagem. Um bracinho mole pendeu de dentro do carrinho, sem vida, ao balanço da caçamba. Também caiu uma sandália rosa encardida, só um pé esquecido no barro, uma sandália de criança, sendo esmagada pelas rodas. O feitor avançou com truculência, empurrando o carrinho de mão pela trilha pedregosa aos solavancos, despejando sua carga ao chegar à vala. As mãe mata as filha, disse o tatuado, assim elas escapa da coleira. Ele sentiu o estômago se revirar como se tivesse ganhado vida própria e desejasse ir embora, abandonando seu corpo. Acabaria vomitando o fígado. Apoiou as mãos nos joelhos e ficou vendo os próprios pés sob o olhar do tatuado que, compadecido, o ajudou a se recompor. Um denso fiapo de baba lhe escorreu da boca indo até os joelhos e das canelas finas ao grilhão enegrecido pelo sangue pisado do tornozelo.

Tá fodido, jão, disse o tatuado. Mas logo acaba, podes crer.

Ele seguiu a carniça do jumento morto pelo raio deixado na ravina, encoberto pelas moscas, seguiu aquele jumento na sua travessia do mundo dos mortos. Não o queimaram nem jogaram aos porcos, era vontade do senhor que o atingiu com o raio que ficasse ali, servindo de alimento para a plantação. Mas a carga positiva se originou na terra, quem sabe numa escada invisível de elétrons esticada pelo demônio do inferno na direção do céu. O ventre do animal estufou ainda mais, como se tivesse mesmo sendo soprado por algo divino, parecia que estava a ponto de gerar outro bicho, o que aconteceu numa explosão surda de gases no fim da tarde, na hora em que os agrilhoados voltavam da lavoura. Ele interrompeu o avanço da fileira e estacou diante do bucho aberto: estava coberto de larvas brancas que se revolviam, despejadas das vísceras do animal.

Depois de servida pelo feitor, a cumbuca de sopa ficou nas mãos dele até o grude esfriar. Outra vez pensou no que gostaria de esquecer: a pequena silenciosa murmurando em seu ouvido algo em que ele não podia acreditar, algo que ele não quis acreditar. Ele perguntou sobre a filha, se a filha tinha estado com ela na plantação de onde fugiu, se a filha continuava presa naquele lugar. Quando se abaixou para ouvi-la melhor, ela disse, de modo quase inaudível, pai, ela disse, por que você me abandonou. As rodas do carrinho de mão empurrado pelo feitor enterrando a sandália rosa da menina na lama preta da vala. A tigela de cozido queimando suas mãos enquanto a filha entrava no elevador e desaparecia para sempre, caminhando para longe dele, fugindo para sempre. Pai, por que você me abandonou, ela disse com a boca quente encostada na orelha dele, e quando ele ergueu a cabeça para olhar a cara dela, para ver se ela o chamava de pai porque era a filha dele, a pequena silenciosa se soltou do seu colo e rolou, caindo da beirada para dentro da água do mangue, onde desapareceu. Era a filha dele ou não era. Estaria tão diferente assim que não a reconheceu. Era ou não era.

A dúvida não o largava. O tatuado o assustou, tirando a cumbuca das suas mãos e começando a chupar a sopa que permanecia intocada e dura, fria como a língua de uma morta.

Sem querer adormecer, tarde da noite conseguiu se afastar de gatinhas do tatuado e do homem mais velho a quem estava ferrado, esticando a corrente ao máximo sem despertá-los. O limite da corrente lhe permitiu atingir o pilar central do pavilhão, em cujo tronco havia um gancho usado para amarrar as montarias que passaram a compartilhar o teto da senzala com os agrilhoados nas noites de chuva. Ele prendeu a argola mais larga da corrente no gancho que ficava a um metro de altura do chão, não mais que isso, enrolou a parte excedente no pescoço e se enforcou nela, forçando o peso do corpo pois a altura era insuficiente para o sufocamento.

Afogava-se no próprio vômito, nadava no poço de larvas brancas dentro da barriga aberta do jumento morto. Ele comprimia a almofada rosa contra a cara da mãe de sua filha com toda a força, a pequena rata branca de nariz vermelho estampada na almofada sorria para ele, sorria como a filha sorriu ao caminhar em sua direção pela primeira vez, mostrava os dentes para ele. A tigela queimava suas mãos, a filha partia, indo embora para sempre, o cozido dentro dela estava repleto de larvas. Girava no torvelinho da tigela do cozido, era uma mosca, suas asas não tinham mais forças, se afogava na enxurrada, ele era um rato no chinelo sendo arrastado pela enchente, se afogava na lavagem da vala dos porcos, girando o cubo de gelo no copo de uísque com o indicador em sentido anti-horário para o tempo retroceder, era uma larva presa no interior do cubo de gelo rodopiando dentro do uísque, ele era jogado fora no líquido da bolsa estourada de uma grávida. Acordou com tapas na cara e o balde d'água despejado pelo feitor balofo. De longe, quando voltou a si, o rapaz tatuado sorria para ele: roer a perna ou o pescoço, qual era a saída mais próxima. Pouco importa, todos os caminhos levam à mesma saída.

O tempo das queimadas veio carregado pelo vento fervilhante. Arrancaram pés de milho, centenas deles, carunchados desde a semente, e os dispuseram sobre o terreno, enquanto os feitores acendiam tochas a vinte passos uns dos outros, ateando fogo à palha encharcada de querosene e pela chuva que caía sem prazo para o fim, uma cortina de estilhaços cobrindo as costas de homens, mulheres e crianças. Antes de as labaredas subirem, a fumaceira aumentada pela umidade engolfou a roça em novelos espessos de fuligem inundando pulmões, arrancando dos peões tossidos tão fortes que os derrubavam no chão, revirando-se nas fagulhas da palha, pois não tinham nenhum trapo para proteger nariz, boca e olhos, ao contrário dos feitores cujas cabeças eram envoltas por capuzes, as caras enroladas em retalhos de camisas e pernas arrancadas das calças, vistos dentro da fumaça somente graças às tochas abaixando e subindo, ao atearem fogo à palha. Como um rastilho de pólvora, brasas se alastraram sob o tapete vegetal e as chamas subiram. No meio do fumaceiro surgiu uma figura espichada e trêmula, mais alta que os peões, ou talvez sua silhueta parecesse distorcida pelo calor, tornando-se reconhecível apenas quando se fez visível o capacete dourado: era o senhor bispo vindo testemunhar a natureza de sua obra e abençoar a terra num novo ciclo de plantio. O animal pisa na armadilha, disse o tatuado com a mão tapando boca e narinas. É hora.

Ele se concentrou na aparição e nas labaredas refletidas no capacete de alumínio, até o bispo alcançar a clareira onde parou e permaneceu, coberto pelas centelhas esvoaçando no ar, enquanto feitores interrompiam o serviço e cessava o ruído das pás, quedando o crepitar da palha sendo esturricada e o pisotear das botinas dos feitores se arrastando sobre a terra. No centro do cinturão de fogo, o bispo cruzou os braços nas costas, deu um suspiro de desalento e ficou em silêncio, observando o coração de querosene flamejante e o terreno coberto de cinzas. Na corrente ao lado, igualmente cabisbaixo, o rapaz tatuado mantinha olhos postos no tronco da árvore incinerada pelo raio a menos de três passos, e ao percebê-lo eu imaginei que mastigava o meu próprio osso da perna com minhas gengivas desdentadas.

O bispo estudou as caras e mãos pretas de carvão apoiadas nos cabos das enxadas fincadas na terra, os olhos amarelados pela anemia e pela tristeza. Vejam, disse o bispo retirando as luvas e estendendo as palmas das mãos diante do olhar dos feitores e agrilhoados, vejam estas minhas mãos inúteis. Não servem para muita coisa, são brancas e delicadas, ao contrário das mãos de vocês, que são valorosas e fazem o que deve ser feito, realizam a obra de deus, essas suas abnegadas mãos renovam essa terra que renascerá, disse o bispo esticando seus dentes debaixo do lábio leporino e se virando de costas para os agrilhoados. Por seus movimentos deu para perceber que abria a braguilha das calças do terno puído e cinzento e massageava o pau; enquanto o bispo gesticulava de costas, masturbando-se, o tatuado avançou, aproveitando o enlevo dos feitores, sendo inevitavelmente acompanhado pelos demais a quem estava acorrentado, e quando o bispo despejou seu esperma sobre as cinzas na terra da clareira, as gotas soltando um chiado semelhante ao do ferro de marcar em brasa atingindo a carne, um jorro que não parecia ter fim e que vinha seguido do verbo, da bênção que encomendava a fertilidade daquela terra que nos libertou a todos, disse o bispo, nos libertou da fome e da morte, trazendo a perpetuação dos projetos do senhor, prosseguiu o bispo aspergindo sua porra pelo campo onde se daria a semeadura, e enquanto o bispo dizia isso, observado pelos capangas que admiravam embevecidos o patrão cuspindo na ravina ainda abrasada, varando a fumaça do incêndio, os agrilhoados cerraram fileira, permitindo que o tatuado se ocultasse detrás do corredor de homens lado a lado, e alcançasse as raízes do tronco incinerado pelo raio, desenterrando em seguida as barras de ferro. Ao se reerguer, os agrilhoados se afastaram e o tatuado avançou em direção ao bispo que abotoava a braguilha, satisfeito com sua fecunda encomenda e de olhos postos nas fagulhas que subiam, lembrando estrelas no céu noturno. O tatuado enfiou a barra de ferro no flanco do bispo e com a segunda barra na outra mão atingiu o alumínio do capacete dourado com toda a força, tanta que a barra resvalou pela lateral do capacete após o impacto, sem derrubar o bispo, um homem forte afinal, cuja bíblia no bolso do terno impediu que a ponta cega da barra de ferro penetrasse sua carne em profundidade, o que suscitou a pasmaceira entre feitores e capangas, todos sem reação, mas não ele, ele acabou arrastado pela força do tatuado a quem estava acorrentado, não ele, graças aos grilhões que os prendiam um ao outro e, impensadamente ou talvez não, ele envolveu o pescoço do tatuado com a corrente, estrangulando o companheiro com força suficiente para que abandonasse as barras de ferro, que caíram aos pés do bispo, até os capangas reagirem, contendo o tatuado com golpes, enquanto ele, preso à corrente como um cavaleiro ao cabresto de uma besta selvagem, rodava para os lados sem largar do pescoço dele, sofrendo também com as cacetadas até tombar de costas no chão sobre o tatuado e os feitores o arrancarem de cima, arrastando o tatuado para diante do senhor bispo, que permaneceu em pé durante a ação, somente com seu capacete dourado ligeiramente torto sobre a cabeça, deslocado pela cacetada de raspão, e com joelhos meio dobrados, a mão apoiada no flanco atingido pela barra de ferro, com um filete de sangue escorrendo entre os dedos da mão segurando a bíblia, o tatuado foi jogado à sua frente e diante dos agrilhoados, que continuavam estáticos, ali na roça devastada pelo incêndio, com a cara encarvoada de cinzas e espremido contra o chão por braços e botinas dos capangas, o tatuado teve a cabeça decepada com um só golpe de facão dado pelo feitor balofo, e ele, ainda arriado de costas, acompanhou a cabeça rolar por terra e vir parar ao lado da sua, ainda de ar esbugalhado, a boca congelada de espanto, não com a morte nem nada, pois essa era cem por cento garantida e até prevista, mas com a traição do seu companheiro de servidão, pois foi traído por aquele homem esverdeado e doente que só abria o bico para falar da filha perdida, uma filha que parecia tão improvável quanto inventada, e também de certo sujeito em questão e de uma promessa de vingança que pairava além de qualquer dignidade.

    Ainda prostrado ali, ele viu o bispo impedir com um aceno a arremetida do facão sobre seu pescoço e ordenar que o soltassem da corrente, que o libertassem do grilhão que o acorrentava aos outros, disse o senhor bispo, esse morto-vivo aí salvou minha vida.

5.
Valongo

Agora o homem, além de saber que vai morrer, de ser o único animal com essa consciência, também sabe a hora da morte, minutos e segundos, o local exato e a causa, até a destinação do cadáver: a vala da lavagem dos porcos. Pensava nisso, montado no jumento, enquanto o sol também morria nas poças sobre o cimento do elevado. Espichado com as patas cruzadas, o cão parecia enjoado de tudo aquilo, do interminável processo iniciado na criação, do senhor que nunca voltava do descanso para concluir o serviço. A presa achava que não era vista, escondida debaixo do saco preto de plástico armado no desvão da pilastra, mas ele a acompanhou entrando ali naquela área de sombra. Está ali embaixo, pensa que está protegida. Mas não.

Se nós dá umas espetada certeza que desentoca de lá, disse o capitão do asfalto ao seu lado, sujeito atarracado e de cabeça tão avantajada que qualquer pensamento expelido por ela parecia sólido como um esporão. Apesar de cego de um olho, enxergava até o que não devia. Mas esse daí é pau-mole e o bispo só quer as racha, disse o caolho, melhor num embaçar. Ele não respondeu nada, raramente respondia. Tinha acompanhado a presa se agachar entre os monturos, depois rastejando como uma lesma albina pelas brechas do concreto que a levaram até a toca. O saco preto onde estava escondida se confundia com as manchas de umidade na superfície da pilastra. Ele não disse, mas aquele ali escondido o lembrou de alguém, ou talvez seus olhos não o tivessem enganado, e aquele ali fosse o próprio sujeito em questão. Mais magro que antes, na época em que observou sua foto por muitas noites no monitoramento à distância através dos registros públicos. Mais magro e barbado que antes, como todos estão agora, magros, barbados e quase mortos, porém exalando o mesmo bodum de verme.

A chuva voltou, agora enfática, a luz do sol sumiu de vez. Acalcanhou de leve a virilha do jumento e acenou para que o caolho o acompanhasse a pé por cima da balaustrada que flanqueava a pista do elevado. O jumento arrancou suavemente, fazendo com que o cão despertasse e o seguisse em silêncio, como se fossem todos seguir caminho, como se o capitão do asfalto que o montava e o seu cão não tivessem avistado nem farejado a presa na sua toca. Como quem não queria nada, ao se aproximar ele puxou as rédeas e acariciou o pescoço do jumento, murmurando um palavrão. Em seguida empunhou o revólver que carregava na cintura e soltou um disparo que triscou o saco plástico, de onde o entocado saiu num pulo para debaixo da balaustrada; dali pretendia saltar até a alça da viga e escapar, mas foi laçado no pescoço pelo caolho que aguardava mais acima. Só nesse momento o cão se animou um pouco, ao ouvir as gargalhadas do caolho, soltando uns latidos e tentando mordiscar a canela fina do dependurado. Enquanto a presa se contorcia, lutando para não sufocar, ele deu uma boa olhada em suas fuças apenas para se decepcionar mais uma vez: aquele não era o sujeito em questão, assim como os anteriores que prendeu, pondo em risco sua própria vida ao desobedecer a ordens do senhor bispo, também não eram.

Não entendia o motivo de aquelas lesmas albinas continuarem desgarradas, sem se unirem a alguma milícia. A liberdade não passava de miragem: além da pequena prisão representada pela plantação, o mundo era uma enorme penitenciária. Retirando da cintura um canivete após uma contorção digna de ginasta olímpico, o pau-mole cortou a corda que o sufocava e em dois saltos ágeis desapareceu pelo desvão da viga abaixo. Ao alcançar o asfalto da pista sob o elevado, a uma distância segura, deu uma banana com os braços. Deixando de rir, o caolho o acompanhou se afastando cada vez mais com um muxoxo de decepção. Sempre ficava com ar abobalhado quando escapavam.

Ao ver que o fujão não era quem procurava, ele pensou que sua promessa ficava cada vez mais longe de ser cumprida, tão longe quanto se encontrava a filha agora, ao menos era o que esperava, que ela estivesse longe o suficiente para se achar num lugar seguro. Temia encontrá-la numa daquelas caçadas e não conseguir salvar o couro dela, o caolho não era confiável. Como todos sob as ordens do bispo, queria saber apenas do próprio rabo. O cão aquietou, adotando sua habitual postura de velho mestre que conhecia o fim da história, que sabia que aquela canseira toda não ia dar em nada. O caolho montou na garupa do jumento e tomaram o rumo do largo da igreja em ruínas no extremo do elevado.

O grande sino de bronze tinha despencado junto da torre da igreja e jazia sobre o que restava do altar. Ao redor da fogueira, sentiu-se enjoado com o naco de carne que o caolho lhe passou e o jogou ao cão, que também não o quis. Observando a resignação do animal, perguntou-se como aquele cão teria escapado de virar churrasco, algo que não tardaria a acontecer, pois estava acabado e cada vez mais desinteressado do serviço. Com a ponta do espeto, o caolho recuperou a carne no chão, passou-a um instante na brasa e aos resmungos começou a mastigá-la. O vento batia na nave central e as chamas bailavam. Um amontoado de tábuas dos assentos desmantelados aguardava ao lado, em breve teriam de arranjar mais lenha para alimentar o fogo.

A náusea persistiu, e ele esticou as pernas e se deitou no piso da igreja, que quase não tinha paredes: agora não passava de uma fachada, o que talvez sempre tivesse sido. A pintura da abóbada era devorada pela umidade das goteiras. Mas no canto superior direito ainda permanecia meio apagada a reprodução da pietà com o cristo morto no colo da imaculada mãe, e ele pensou em sua situação, pondo-se no lugar da virgem e a sua filha no lugar do morto. Diferente da virgem, seu corpo estava recoberto de mágoas. Em obediência a essa lógica de opostos, esperava que a filha continuasse viva.

O caolho deu um chute no seu flanco, tirando-o do terreno da hipótese, e outro mais forte no cão, que soltou um ganido: se não voltassem ao valongo com alguma presa, ganhariam quarenta chibatadas e talvez o grilhão de volta na canela, recuperando o direito de acordar e dormir abraçado ao cabo da enxada. Tinham revirado quilombos do centro da cidade e agora só lhes restava rumar à periferia, a territórios desconhecidos. Não sabiam se o jumento suportaria ir tão longe. A partir do rio morto, ao ultrapassarem seus fedores, teriam de seguir a pé. A verdade é que iam perdendo a disputa com os demais capitães do asfalto às ordens do bispo. Ele necessitava mais e mais de paradas de descanso e já não sentia apetite. Devolvia quase tudo que botava na boca, isso quando o cheiro da comida lhe permitia engolir. Em reconhecimento a um igual, o cão veio e lambeu seu rosto.

Ruía uma sorrateira chuva de metal sobre o que restava da cidade. Cinzas se esparramavam nas ruas onde o asfalto se retraía, dando lugar a tufos de capim que iam encobrindo calçadas arruinadas e entulhos, muros arriados e rachaduras nas lajes, ervas daninhas revestindo marquises e pontos de ônibus, e os miasmas do esgoto subindo com a chuva irritavam os olhos. Caso os fechasse por um instante a mais do que o necessário para uma piscadela, ao reabri-los a cidade que um dia existiu certamente teria desaparecido de vez, restando somente sua sombra e a dos antigos habitantes, resumida à matéria orgânica circum-navegando a tubulação dos esgotos, retida nos intestinos da terra e que agora vazava só nas enchentes, como um coveiro lançando a última pá de cal sobre o túmulo do mundo.

Ainda de pé, o elevado equivalia à ossada de um animal no museu. Naquele dia o caolho tinha pistas de um quilombo que talvez escondesse mulheres. Mas é difícil encontrar as racha na natureza, disse o caolho na garupa do jumento. Logo apareceram os escombros dos pavilhões encobertos pela vegetação das margens da ferrovia. A área onde antes ficavam os trilhos tinha virado uma longa faixa de mato, tão cerrada que podia servir para muita coisa, até para se esconder. Vagões carcomidos pela ferrugem se espalhavam desordenados do lado de lá, no terreno onde um dia funcionou a garagem, já sem nenhum compromisso com a pontualidade. Bons lugares para se esconder. Ele olhava a coloração entre o marrom e o chumbo do teto dos vagões despontando acima da borda do mato que assomava da ferrovia e pensava nos trens, em como sentia falta de um mundo onde os trens funcionavam, talvez no lugar onde sua filha estivesse os trens ainda chegassem no horário, sentia falta de coisas às quais nunca deu importância, como o natal e as viradas de ano em que as pessoas celebravam o avançar do tempo e a volta da esperança, sentia falta do avião que passava no horizonte da janela do apartamento, através do qual a filha acertava os ponteiros do relógio, sentia falta das coisas pontuais, da pontualidade das coisas. Agora só podia esperar o próximo dia e que fosse sem castigo.

Batendo no seu ombro, o caolho fez sinal para pararem. Amarraram o jumento num arbusto e atravessaram o matagal em direção aos vagões. O capim estava alto demais, não permitindo enxergar adiante. Como batedor, o caolho seguiu na frente, agachando-se e avançando com cautela, enquanto o cão o acompanhava em silêncio ao lado, mais interessado nas lagartixas que saíam de debaixo dos trilhos e desapareciam na vegetação rasteira. Ao ver o caolho em ação, não podia deixar de pensar no avô, não tinham a mesma idade ou envergadura, porém eram igualmente ligeiros. Na margem oposta dos trilhos, o cão mudou de atitude, adotando postura mais condizente a um cão de caça. O capim abria talhos nas mãos, exigia cuidado para não chamarem a atenção dos que se escondiam nos vagões. O sangue na palma da mão o levou à brincadeira que os moleques do seu tempo faziam com moedas de dez centavos, colocando-as nos trilhos próximos da passagem de nível do bairro onde cresceu. Depois que o trem passava, apitando e ventando, os moleques recolhiam as moedas: ficavam perfeitamente achatadas, tão afiadas que podiam ser usadas como lâminas para descascar laranja ou se defender de um valentão. Serviam também para se cortar sem querer, foi assim que ele teve sangue nas mãos pela primeira vez. Não sentia falta daqueles amigos da lembrança. No mundo em que se encontrava, a saudade tinha deixado de fazer sentido, já que o futuro se deslocou para trás como o norte de uma bússola escangalhada.

O cão estacou quando alguém saiu do vagão mais distante de onde se encontravam, escondidos entre as folhagens. Não deu para ver se era pau-mole ou racha, apenas que arrastava pela coleira um animal pequeno que não emitiu ruído algum e foi levado ao lado oposto do vagão, de onde chegou em seguida o barulho de uma paulada e uma espécie de grasnido abafado, um pranto animal. Obedecendo ao aceno do caolho, seguiram agachados através da borda da mata contornando o vagão, assim veriam o que se passava do outro lado. Trovejou e a cortina d'água se estendeu bruscamente, após um relâmpago iluminar o firmamento. Temeram ser vistos pelo bando de sete fujões que se reunia em círculo sob a sombra do vagão. Somente graças ao relâmpago o caolho e ele puderam enxergar o que faziam, arrodeados de costas para o matagal cobrindo os trilhos. Três deles mantinham, a muito custo, um animal preso a uma coleira. Não era possível identificar que tipo de animal era, apenas apreciar seus esforços para não ser morto, coisa que fazia com fúria. Os três é que pareciam aprisionados ao encoleirado, sendo arrastados para lá e para cá como açoitados na proa de um barco pela tormenta. Nisso, enquanto os outros quatro do bando erguiam seus porretes, um segundo relâmpago fraturou as nuvens, apavorando o cão que por pouco não saiu em disparada. Começaram a descer pauladas no animal que o fugaz clarão do relâmpago revelou ser um macaco do tamanho de uma criança. As pauladas primeiro fizeram o animal gritar, depois o calaram. Ele pensou que no último ato todos acabam chorando, por mais divertida que tenha sido a comédia. O bando se agachou e desandou a arrancar o couro do macaco morto com uns pedregulhos catados dos trilhos. O caolho soltou o cão em cima deles, o cão que desde o primeiro relâmpago estava louco para sair correndo. O caolho e ele o seguiram com as armas apontadas ao bando apavorado com os dentes do cão, que abocanhou o cambito quase osso de um deles até a presa esmorecer e depois meio que se afastou, precocemente satisfeito ou desinteressado.

Saltando da sombra do vagão em disparada, um pau-mole escapou pelo mato em direção à outra margem. O caolho errou o primeiro tiro, perdido na distância onde tinham deixado o jumento, acertando o segundo no meio das costas do fujão. Sabiam que não encontrariam nenhuma racha ali, ainda assim seria melhor não voltarem sem carga ao Futurama. O senhor bispo estaria lá, com seu capacete de alumínio e sua fome. Capaz do patrão capar nós, disse o caolho puxando a coleira do cão que lambia o buraco da bala nas costas do defunto, esbanjei chumbo que é pro resto não pensar igual a esse otário. Olha aí, tudo pianinho. Analisou os remanescentes sentados ao redor do que restava do macaco. Eram garotos como os do quilombo, até podiam ter estado por lá. Não soube dizer, a aparência de fome os deixava indistintos, com ossos das costelas tão saltados que lembravam asas depenadas. Tudo neles estava esbugalhado: ossos, dentes, olhos.

Com a corda, o caolho enlaçou seus pescoços mirrados, amarrando uns aos outros, enquanto ele prendia as mãos para trás e o cão lambia suas patas ensanguentadas. As unhas deles continham sangue e pelos do macaco, entre outros restos, cinquenta e sete unhas imundas, descontando as de um dos fujões que perdera três dedos, seus cotocos estavam mastigados. Ele perguntou se os dedos tinham sido arrancados pelo macaco e não obteve resposta. Olhou bem no fundo dos olhos amarelados do sete-dedos e aquele amarelo parecia outro amarelo e não era o da cor da sua própria pele, era o amarelo de raiva dos olhos da filha após ela sofrer aquilo que sofreu. Na verdade, era só o que via fazia bastante tempo, não sabia desde quando: via os olhos da filha em tudo o que via.

Tinha traído o rapaz tatuado para ganhar a simpatia do bispo e voltar à rua. Não passou de uma aposta, que terminou se concretizando. No dia seguinte ao fracasso do motim do tatuado graças à sua intervenção, o feitor balofo o livrou do grilhão e o incumbiu de caçar fujões ao lado do caolho. Era sua chance de reencontrar a filha e cumprir sua promessa.

Aguardaram à sombra do vagão e partiram à primeira trégua do temporal. O macaco permaneceu no mesmo lugar, seus olhos envidraçados já se encaminhando para se tornarem outra coisa, fixados nas nuvens da cor da coagulação. Ele e o caolho esperavam amealhar novas presas no caminho até o Futurama, no íntimo desejava também que se concretizasse aquilo que o conduziu à sua tarefa: encontrar o sujeito em questão e dar cabo da vingança. Após tanto tempo já não estava certo se os dias avançavam ou refluíam, as horas eram sopradas para todos os lados como as pétalas do dente-de-leão, pouco importava para onde, e nesse caso o fim me esperaria no começo, significando que todos seríamos expostos duas vezes ao horror da história.

Como servo, suas horas não eram suas, estava preso a um só dia permanente. Pelo menos o jumento tinha escapado dessa roda: estava morto no local onde o deixaram, atingido pela bala a esmo disparada pelo caolho. Estava morto, porém continuava amarrado. Nunca seria livre.

Pelas margens da ferrovia os comércios nos arredores do mercado municipal tinham desabado e a cidade aguardava a natureza retomar suas posses pelas raízes. Logo depois de o ataque do tatuado ao bispo lhe render o serviço, arranjou de caçar fujões mais a oeste, para os lados do estabelecimento do sujeito em questão, onde aconteceu aquilo à filha e foi acendido o estopim das misérias que o mundo enfrentava agora. O bar tinha sido posto abaixo, o quarteirão inteiro não passava de escombros infestados por pragas. Talvez tivesse errado de endereço. Nos sermões o bispo dizia que era bem feito a cidade ter voltado ao chão, a cidade era o mecanismo que nos escravizava em troca da ilusão de pertencimento e liberdade. Antes estávamos presos nas suas engrenagens, mas agora tínhamos de nos resolver com suas entranhas, dizia o senhor bispo, o passado é mesmo imprevisível. Ele traiu o rapaz tatuado em troca da chance de procurar a filha, mas não sabia onde fazer isso.

O sol piscou duas vezes e a chuva voltou a molhar. Ele observou os dedos faltantes nas mãos dobradas para trás da presa que seguia à frente, volta e meia lambidos pelo cão que não sossegava à vista de sangue. Ao vê-la manquitolando em procissão com os demais, notou que o sete-dedos só podia ser mulher, sem engano, seus atributos se disfarçavam sob a magreza que igualava a todos. Seu lombo e o do caolho estariam a salvo, caso sete-dedos sobrevivesse àquela tarde. O caminho seria pedregoso, pela margem coberta de entulho da ferrovia.

O caolho sinalizou que seriam vistos naquele desfiladeiro, tinha uns capitães do asfalto afoitos pra lhes aliviar a carga, o caolho disse assim mesmo: num pode perder os jão, seguimo pelos trilho e o mato tapa nós. Assim fizeram, através do que descobriram ser um denso mandiocal. A natureza impunha suas misérias de volta à cidade. A certa altura arrancaram uns pés, suficientes para não reduzir a marcha. Depois de vencerem a metade do trajeto, sete-dedos passou a se arrastar e ele a livrou do peso das mandiocas bem na frente do caolho, que soltou seu risinho de escárnio: oia que a perna morta do manco ainda se mexe, disse o caolho.

Após vencerem o lodaçal, o caolho indicou que se abrigariam da tormenta no túnel do elevado a alguns quilômetros dali. Quando chegaram à zona corroída pela erosão, o cão ouviu algo e se agitou, soltando um latido fraco. Despenhadeiros irrompiam sem aviso no pátio da estação de trens. No estacionamento do hipermercado desértico, toparam com uma fenda de trinta metros de largura no chão, um grotão no concreto de cujas beiradas se ouvia o rumorejar do rio escoando lá embaixo, no precipício. Já beiravam o ponto onde descansariam quando o cão rosnou mais forte, ecoando no descampado sem nenhum abrigo à mão. Margearam o grotão de sobreaviso, com armas em punho, até o bando se anunciar detrás dos montes de pedregulhos na margem oposta, semiencobertos pela chuva, três estropícios se aproximando a galope da beirada. Ao observá-los mais de perto, suas deficiências se acentuavam: um perdera o braço direito, outro o maxilar e exibia uma doença de pele que o deixava parecido com uma foca leprosa, o terceiro olhava tudo branco com os olhos do glaucoma, parecia quase cego. Os jegues não chegavam a ser montarias, mas alguma cruza entre burro e cachorro. Estavam cobertos de sarna, e só trotavam à força do relho.

Ele se identificou com o bando rival e reprovou com resmungos quando o caolho acertou um balaço na montaria do cegueta, que, arremessado ao chão pela inércia causada pela brusca queda do jegue, engatou a tagarelar algo incompreensível logo após se reerguer, mancando e atirando a esmo com um revólver tão pequeno que parecia de espoleta: o choro se estampou na cara dele quando seu calcanhar resvalou na beirada, um instante antes de despencar no abismo, enquanto seus cúmplices debandavam quase se arrastando.

Encostaram na boca do túnel ao abrigo do temporal, num desvão onde acenderam a fogueira e ferveram a mandioca numa lata. Junto à parede ainda aquecida pelo sol, varejeiras zumbiam de alegria. Da extremidade do túnel obstruída por entulho e metida na escuridão, vinham guinchos que pareciam risos. Comeram com vontade e distribuíram o resto da mandioca entre as presas, a quem livraram mãos porém não os pés. O cão se enfiou no breu úmido do túnel, farejando lixo pela frente até sumir de vista. A noite se adiantou, carregando no aguaceiro.

Apenas com seu olho seco arregalado, o caolho grunhiu algumas coisas a meio adormecer. Antes de ser capitão do asfalto, trabalhou na criação de porcos, o chiqueiro ficava nos fundos do curral das mulheres, contíguo à senzala das crianças. Às vezes, os porqueiros recebiam fetos e cadáveres de bebês para alimentar os porcos. Mercadoria defeituosa, justificavam os feitores da casa-grande, só servia para a lavagem. A porcada comia o restolho sem cerimônia, e na época o caolho se flagrava calculando a seguinte aritmética: sim, disse o caolho com a cara da cor do fogo, espichado na manta que dividia com o cão, enfim ressurgido de boca vazia da andança lá na outra ponta do túnel, sim, o que eu pensava era que as racha do curral tava bem na fita, comia melhor que nós, os porqueiro e o pessoal lá da roça, elas comia miúdo de porco, por exemplo, o fígado e a buchada, os intestino da porcada, pra ficar forte e embuchar, continuou o caolho, tá me entendendo, e podia ser que uma ou várias daquelas racha, que perdia muitos filho, olha só, filho que os porco comia, podia ser que, continuou a mascar o caolho, à beira de se ausentar no sono, a palitar os dentes com a última fibra de mandioca encontrada na boca, pousando a cabeçorra nas costas do cão entre bocejos, veja se tá me entendendo mesmo, andei fazendo umas conta, pois podia ser que ao comer o porco, a buchada do porco, disse o caolho, uma daquelas racha comesse o próprio filho, que antes o mesmo porco que ela comia tinha comido lá na vala, isso não seria nojento, e isso, a comilança, é de caso pensado pelo demônio, é o que o mundo é, disse o caolho e dormiu, passando quase de chofre a roncar, enquanto o cão lhe servindo de travesseiro se remexia, aos solavancos, tendo pesadelos com ratazanas das funduras da boca do túnel, cujas sombras vultosas podiam ser vistas do lugar onde estavam, agigantando-se pelas paredes, a boca do túnel que acabou cuspindo uma mosca, então ele se perguntou se seria sempre a mesma mosca, a do início, a do meio e a do fim, nunca a mesma mosca, sempre a mesma mosca, que zanzou pelo ar ao redor da sua cabeça desperta, sorteado que tinha sido para a vigia da noite, e seguiu de orelha em pé graças ao zumbido da mosca, com olhos abertos até quase amanhecer, quando recolheriam as tralhas e atravessariam o elevado.

A mosca titubeou e pousou em cima da mão ferida de sete--dedos, que a afugentou com um tapa desferido com a mão boa. Ele foi atraído pelo movimento brusco dela, deitada junto aos outros amarrados, com mãos atadas à frente para poderem dormir. Ao se aproximar em silêncio, reconheceu no rosto de sete-dedos algo de familiar, era tudo o que sempre via, algo de familiar e extraviado, ela ergueu as pálpebras e também o encarou. Sussurrando de modo a não despertar a atenção do caolho, ela perguntou se estava tão feia assim, se já não a reconhecia. Você não se lembra de mim, mas eu lembro de você, disse sete-dedos, me lembro muito bem. Filha, ele disse, você não é a minha filha. Sua filha, isso, conheço sua filha, disse sete-dedos, sou colega dela, nossa, quase irmã. Da delegacia, ele disse, você me conhece do dia dos depoimentos na delegacia, agora estou te reconhecendo: ele pensou na estudante de arquitetura meio pônqui, na colega de ensino médio da filha, em qualquer uma. Como estava diferente. Sim, claro, disse sete-dedos, da delegacia, você precisa me ajudar: sou amiga da sua filha, você me reconheceu da delegacia, dos depoimentos, não foi. Onde ela está, disse ele, onde está minha filha, ele exigiu saber. Eu sei onde ela está, disse sete-dedos, mostrando os pulsos amarrados pelas cordas, a mão sem os três dedos comidos pelo macaco, me solta que te levo até ela. Meu companheiro também conhecia ela, mas vocês mataram ele lá atrás, me solta que eu mostro onde ela está. Meu deus, ele disse, ela está bem. Tua filha tem um nenê, disse sete-dedos, tu é vô, meu. Me solta. Pedindo silêncio com o indicador nos lábios, ele pegou o facão e cortou as cordas dos pés e das mãos dela.

 Assim que se percebeu livre, enquanto ainda acariciava os pulsos feridos pela fricção da corda, sete-dedos desembestou e sumiu nas quebradas do túnel, se misturando às ratazanas. Confuso, ele a perseguiu no escuro, tropicando nos blocos de cimento e cabos de aço, até não enxergar nada além da bruma pastosa e negra, gotas de suor frio escorrendo por suas têmporas. Desconfiou que ela havia se enfiado em algum buraco entre os pedregulhos do desmoronamento tapando a outra saída.

 Após voltar, engatou um sono tão profundo quanto o túnel, do qual emergiu com a patada na cabeça dada pelo caolho. Quarenta chibatadas, talvez o dobro, seria o preço do desleixo. Cuspiu mandioca mal digerida, sacudido por movimentos involuntários sem que mais nada saísse, além da pasta amarelada.

Não sabia se a dor no abdome se devia aos chutes ou às convulsões que usurparam seu corpo como se outra forma de consciência lhe tivesse tomado as rédeas, como se a doença tivesse atingido tal estágio e a partir dali ele não responderia mais por seus atos, e toda a responsabilidade do que fizesse seria devida ao seu estado terminal. Ele se ergueu e sacudiu os amarrados para que se levantassem. O cão parecia perdido, zanzando atrás do próprio rabo: continuava preso ao túnel povoado pelas ratazanas do pesadelo.

Mais tarde, quando o dia tinha raiado, estavam diante da rampa do Futurama. Como nunca, o nome do lugar desbotado na tabuleta parecia imantado por uma ironia escura. Estava preso àquele supermercado, ao redor de onde girava fazia algum tempo. Agora era um valongo, talvez um açougue que vendia só carne viva. Se apurasse os ouvidos, ouviria gemidos do rebanho sendo castigado.

A rampa de acesso à tribuna de ofertas do Futurama era ocupada por homens e crianças acocorados no capim que cobria a pavimentação interna, junto ao cocho dos animais. Mansamente, seus olhos luziam nas sombras e o silêncio imperava. O caolho registrou os cinco amarrados que traziam na relação de venda do leiloeiro, seriam integrados ao lote do senhor bispo e vendidos com o resto do rebanho, informou o contador guardando o toco de lápis sobre a orelha direita. Zero racha, disse o contador com olhos encobertos pela aba do chapéu, já vai salgando o lombo.

O caolho e ele se juntaram à fila do pelourinho, em cujo início alguém era açoitado. A fila não andava, alguém assoprou que o patrão viria para o leilão da noite, esse alguém mal podia esperar para ouvir o sermão feito pelo senhor bispo na abertura. Ele observou o caolho ser ferrado ao tronco de madeira e as fendas brotarem nas costas dele, rubras, de três em três.

O feitor perdeu a conta em trinta e dois, ele percebeu, arredondando com mais cinco de lambugem por terem voltado sem o jumento.

Antes de chegar sua vez, ele evitou sentir a dor nos gemidos do caolho, nas lágrimas que escorriam do seu olho solitário e terrível. O castigo inibia nos indivíduos a capacidade de sentir a dor dos demais, afogando cada um nas suas próprias dores singulares e intransferíveis, cada um com sua dor sem se importar com a alheia. Os termos eram claros, tragam as mulheres de que necessito, rezava a lei do bispo, e ganhem descanso e ração extra de comida. Tragam presas além do esperado e ganhem o domingo, usem as vinte e quatro horas para o que bem entenderem, disponham desse tempo.

Não chegou a usufruir do domingo banda-forra, das vinte e quatro horas de tempo próprio. Mas o caolho sim, uma vez capturou três de uma vez e ganhou o domingo. Segundo o caolho, em vez de fazer algo útil, acabou de papo pro ar, com um matinho no canto da boca, de perna cruzada e coçando o saco. Não fazer nada o levou a pensar, o que só o fez sofrer mais. A chibata era clara: trabalhe o tempo todo, isso evitará que pense e sem pensar não haverá sofrimento.

Mas havia o antes, onde sempre se pensa no que virá, à espera da vez ele pensava no dia em que vira a mãe de sua filha encoberta pela sombra da muralha da plantação, vinha entre outras do rebanho que chegava, e não tinha dentes, sorriu assim para ele, ou riu dele sem dentes, e talvez ele tivesse retribuído com a mesma falta inadvertida na boca, já que nunca mais sorriria para aquela mulher que o abandonou com uma recém-nascida; no entanto, não a viu mais após aquele dia, e isso lhe retirou a certeza de que era mesmo ela, a mãe de sua filha, isso e o fato de ela ter sorrido para ele, ou rido dele, o que é diferente, é outra coisa, e era também o motivo da dúvida: se aquela mulher sem dentes tivesse lhe sorrido, não era a mãe de sua filha; porém se tivesse rido dele, aí sim, com toda a certeza teria sido ela. Mas não a viu mais, no curral ou na vala dos porcos, agora andava preso ao serviço nas ruas onde dormia sem voltar à plantação.

Sua vez de abraçar o tronco veio e as ideias amansaram. Surgiu uma bola branca em sua mente e ele se concentrou nela, vendo só a bola branca pelo tempo que durou o castigo. Depois, debruçado no capinzal que encobriu o estacionamento, sem poder admirar as estrelas que àquela hora luziam sobre suas feridas, as horas tinham retrocedido e nem as mediu, pensou que a um homem da sua condição era vedada a capacidade de inquirir, sobrando só a de ignorar. Com o nariz a um palmo da rachadura no cimento onde uma fileira de formigas carregava ramos e folhas de tamanho muitas vezes superior ao do próprio corpo sem nenhum sinal de protesto, escutou o feitor ordenar aos capitães do asfalto que se apresentassem na rampa de acesso, o senhor bispo chegaria em instantes com sua comitiva. Quando se ergueu, gemendo, o caolho já o esperava em pé, piscando o olho.

Na roda ao lado, companheiros roíam ossos de algum animal que assaram no meio-fio, numa churrasqueira feita com lascas de tijolos e telhas. Só após arriscar um assovio fraco que não obteve nenhuma resposta, percebeu que tinham comido o cão.

Os capitães do asfalto se dispuseram lado a lado na rampa, formando um corredor. O bispo surgiu montado ao nível da rua, vislumbrando-se apenas o brilho do capacete dourado coroando sua cabeça e logo depois o perfil leporino, obscurecido pela noite. Uma nuvem de pássaros sobrevoou o séquito. Acoitado pela fome, ele pensou se tratar de cegonhas: voavam em formação de tridente e grasnavam na língua dos bebês algo compreensível somente aos humanos em vias de nascer. Os pássaros rondavam sobre os humanos na terra pois sabiam o que esperar deles, que a carne ambulante uma hora deixa de andar. Afinal, não eram as cegonhas que aparecem nos inícios e sim os costumeiros urubus de sempre, os apoteóticos urubus do fim.

O terno esfarrapado do bispo se misturava à mula preta, deixando seu vulto parecido ao de um urubu terreno, um pássaro com bico de lebre. À medida que a ferradura dos cascos soava mais próxima, reverenciaram sua passagem, seguida pelo rebanho de mucamas em passo lento, amarradas umas às outras pela corrente ferrada às coleiras nos pescoços. Estavam prenhes. Ao atingir o portão do Futurama, o bispo apeou, jogando as rédeas ao capanga. Lotes de presas aguardavam ordenadamente no interior do Futurama. Após cumprimentar os compradores, senhores de plantação iguais a ele próprio mas carentes de sua visão pecuarista, o senhor bispo, abraçado à bíblia, subiu à tribuna onde o leiloeiro cantaria as ofertas, estudando a multidão. Parecia deslocado ali, sem o púlpito onde se apoiar.

O silêncio se arrastou até se tornar incômodo, e quanto mais se estendiam os minutos, mais ele sentia as pernas bambearem, apoiado na parede na companhia dos demais, como se tivesse entornado pinga de estômago chocho; à parte o castigo, o jejum de um dia inteiro servia à remissão dos pecados, amém, como disse o feitor balofo ao soltá-lo do pelourinho. As mucamas se acomodaram no gargarejo da tribuna e ele se pôs a observá-las: jovens demais, algumas talvez não chegassem aos doze, a baixa estatura as denunciava, além da maneira de olhar o bispo com devoção. Mas a pele gasta delas era cinzenta e sem brilho, com a corcunda de quem carregou tanto peso ao longo da vida que, mesmo em repouso, ainda parecia carregá-lo. Algumas já não lhe pareciam tão jovens assim, na verdade eram velhas como o mundo a que pertenciam, com a sarna no couro purulento e a boca banguela. Como poderiam estar prenhes, se pareciam tão velhas, a fome enganava seus olhos.

Com discrição, apoiou a mão no ombro do caolho a seu lado e cuspiu no canto de parede mais atrás, ao abrigo do corpo do companheiro, um denso fio de baba com coágulos. Ao readquirir o prumo, o que lhe restou na boca foi só o gosto da morte iminente, um gosto de final. Viu estrelas quando ergueu a cabeça, que logo se dissiparam. Ainda tonto, confirmou que se tratava mesmo de crianças, de crianças prenhes, de meninas de doze anos e até menores, de dez, não eram nada mais do que crianças à espera de outras crianças, que, ao chegarem, já chegariam velhas.

A tribuna improvisada com engradados podia até lembrar um púlpito, sim, ou talvez fosse a figura cinzenta de capacete dourado no centro do tablado que visse um templo no valongo e na clientela um rebanho de fiéis. O bispo cabeceava com as mãos cruzadas nas costas, cabisbaixo, buscava o tom na ponta das próprias botas, quem sabe, evidente que aquele homem tinha um plano, com toda a certeza aquele homem tinha um plano.

Enquanto as palavras não vinham ao palestrante, enfileirado no corredor, ele procurava em volta sinais de quando vivia com a filha no prédio a cinquenta metros dali, vizinho ao Futurama, mas não restava nada, nenhuma gôndola com as laranjas prediletas da filha, laranjas fujonas, ou prateleiras lotadas de pacotes de biscoito que ela colhia como flores num ramo, como livros numa estante da biblioteca da escola. Dois homens surgiram na tribuna, vestiam calças brancas de algodão em contraste com a pele do torso brilhando de suor. Carregavam grandes abanadores e começaram a abaná-los com suavidade, produzindo movimento às costas do bispo, uma leve corrente de ar. Caso um comprador chegasse atrasado ao pavilhão devastado do Futurama e olhasse a cena de frente ao entrar no valongo, da mesma posição ocupada por ele, pelos capitães do asfalto e também pelos compradores da mercadoria à venda, organizada em lotes nos fundos do pavilhão, com faces quase indiferentes, à espera de qualquer atribuição que lhes concedesse individualidade, esse retardatário imaginaria aqueles gigantescos abanadores, quem sabe feitos com plumas de algum bicho empalhado, como asas angelicais nas costas do patrão, e o senhor bispo com sua cara de lebre, um ser divino recém-pousado na terra.

Essa ideia despertou nele um assombro já vivido em outras ocasiões, como num concerto do conservatório frequentado pela filha durante um período em que ela insistiu em aprender a cantar, a despeito de ser tão desafinada, antes de se decidir a cursar artes cênicas, apresentação de encerramento do semestre na qual uma criança de não mais de seis, uma menina cujos cabelos encaracolados eram da cor do azeviche, cantou de tal maneira que ele duvidou se não seria o próprio deus ali presente naquela nanica, sensação que se repetiu outras vezes ao acompanhar a filha no quarto dela com suas bonecas, a relação que ela mantinha com uma boneca em particular, a mais estranha delas, por causa dos cabelos desgrenhados a que faltavam tufos aqui e ali, como se tivesse sido vítima de grave doença epidérmica ou alguma violência, a quem a filha obedecia sem vacilar. Naquelas situações, ele se perguntava, e se aquela boneca fosse o próprio deus, e se a cantora mirim do conservatório, de afinação tão precisa e perfeita na ária que interpretou, cantasse daquela forma apenas para obedecer aos desígnios de um deus em miniatura que a aguardava no quarto dela em casa, na prateleira dos brinquedos do quarto, um deus incorporado numa boneca, ou ainda sob outra possessão, talvez numa girafa com rodinhas ou numa pequena rata branca de nariz avermelhado que risse para ela, risse com todos os dentes.

No entanto ele desconfiava da teatralidade das cerimônias, algo a ver com a natureza crítica do seu ofício, quando um sujeito pedestre como o bispo se revestia de atributos divinos porém postiços, com asas roubadas de um animal morto. Sem dúvida aquele homem tinha um plano, com toda a certeza aquele homem tinha um plano. Mas qual seria.

Ao contrário dos deuses de verdade, que nunca planejam coisa alguma, o bispo cessou de voltear no cenário e encarou o rebanho. Afinal podia fitar o rosto do bispo sem ter de desviar os olhos como acontecia na plantação, onde todos se abaixavam à sua passagem. Seus maxilares rangiam, ensaiando o instante em que o lábio leporino se abriria, dando passagem ao verbo fermentado como a massa de um pão generoso na cavidade da traqueia, aquele homem tinha um plano, isso era irrevogavelmente certo, um plano que todos os presentes ali, e até os ausentes, os rebentos ainda a serem encomendados, a serem concebidos como parte de um mundo por vir, já sabiam qual era.

A paz do senhor e boa noite, disse o bispo com a palma da mão aberta dirigida aos demais senhores de plantação, sentados nas tribunas do lado oposto ao ocupado pelos capitães do asfalto, entre os quais estavam as mucamas. Ladeado pelos feitores que protegiam a tribuna, o bispo prosseguiu, porque mais vale um dia nos teus átrios do que mil fora deles, preferiria estar à porta da casa do meu deus a habitar as tendas dos bugres que infestam a cidade, disse, e até as presas agrupadas no centro do valongo resmungaram em assentimento. O timbre da voz do bispo era agudo e quebradiço, e no final das frases suas palavras resvalavam como numa escada rolante baixando, aos poucos sendo mascadas, trituradas e engolidas pelo mecanismo da glote. Assim como o lábio, tinha voz de lebre, curvava-se em direção ao rebanho diante da tribuna como uma lebre sobre um seixo na campina, projetando sua sombra sobre rostos que o acompanhavam com olhos parados e brancos, quase sem piscar, nem ao menos para evitar as moscas que infestavam o Futurama à caça do calor minguante do dia estendido pelas paredes.

Eu tenho um pesadelo, disse o bispo: nele um homem, um lavrador, ara a terra para o plantio com suas próprias unhas, ara a terra sem êxito pois descobre toda manhã em seu quintal, enterradas, as fraldas descartáveis que ele próprio usou, plantadas ali cinquenta anos atrás por sua mãe. É, eu tenho um pesadelo, disse o bispo, e nele a terra gera milho carunchado e mandioca podre por causa das fraldas que ainda estão recheadas da nossa própria merda, são as mesmas fraldas que nossas mães plantaram na roça, cinquenta anos atrás. São o único alimento que temos. A voz do bispo se esganiçava a cada frase retorcida, enquanto sua cara obscurecia e os olhos brilhavam. No entanto, prosseguiu o bispo após enxugar a testa, está chegando a hora, e de fato já chegou, em que os verdadeiros adoradores adorarão o pai em espírito e em verdade, disse, e ao dizer isso sorriu como uma lebre antes de mastigar a presa encontrada dentro do seixo, são estes os adoradores que o pai procura, disse o bispo, deus é espírito. É necessário que seus adoradores o adorem em espírito e na liberdade da carne e do nervo.

 Anoiteceu bruscamente e um murmúrio percorreu o interior do Futurama. Os vultos na tribuna se tornaram indistintos, exceto pela figura do bispo no centro e dos abanadores sendo movidos lentamente, grandes asas soltando suas penas no ar. Tocadas pelo feitor, as prenhes se levantaram com torpor e se puseram a acender velas nos candelabros de pedestal ao redor do valongo. Eram tão baixas que só com dificuldade alcançavam o pavio, graças ao empurrão do feitor. Distraindo-se da peroração do bispo na tribuna, ele acompanhava a agitação das mucamas temendo que elas dessem à luz ali entre homens, na imundície. Morcegos decolavam das vigas lá em cima, as mesmas que ele trilhou na companhia do avô, dando rasantes na cabeça dos senhores de plantação, que já se mostravam impacientes com o bispo. Com a tocha apagada na mão, uma prenhe se aproximou de onde o caolho e ele se encontravam perfilados com os demais, tinha a boca ferrada a cadeado como a pequena afogada no rio subterrâneo, a silenciosa. A prenhe o encarou e ao ver os olhos grandes e negros dela, ao entender a tristeza que aquele olhar transmitia, ele viu a filha novamente, a filha multiplicada em mil, ele as confundia sem reconhecer entre tantas quem era a verdadeira filha, porque ele a abandonou, porque ele não a reconheceu quando a viu sem ver da última vez que a encontrou. Por que me abandonou, pai, disse a pequena silenciosa antes de se afogar.

Disforme, o verbo do bispo aos poucos se aprumou, voltando a preencher seus tímpanos. Com os olhos nos olhos dele, como se lhe pedisse algo que ele não entendesse, a prenhe se afastou, e quando ela cruzava em frente ao lote de agrilhoados que esperava a primeira oferta do leiloeiro, gozando esse breve hiato entre a lavoura pregressa e a próxima, a que ainda viria, a lavoura futura, um homem se ergueu entre os acocorados com um grito, reconhecendo alguém na prenhe que passava diante dele, quem sabe uma irmã, quem sabe sua filha perdida, sua filha abandonada, que reconheceu: o homem avançou, arrastando consigo os outros a quem estava acorrentado, na tentativa de alcançar a prenhe; ela ficou sem reação por um instante, mas em seguida retribuiu a alegria desesperada do reconhecimento, e pelo fato de se achar momentaneamente livre por causa da tarefa que lhe coube, por ter acendido os candelabros, ela conseguiu abraçá-lo antes que os feitores acorressem com porretes. Enquanto a garganta do bispo pigarreava, dois feitores separaram o casal abraçado com cacetadas distribuídas a esmo, depois pisotearam a cara do homem e chutaram sua cabeça. Quando o ergueram do chão onde se estendia, caído, um fio de sangue escorreu do seu ouvido. Cuidado com a parideira, o bispo disse, não caguem com a mercadoria, disse o bispo, e os dois feitores arrastaram a prenhe pelos braços até o rebanho onde as demais aguardavam em frente à tribuna.

A fugaz aproximação do casal parecia ter excitado o bispo, que passou a esfregar compulsivamente a virilha com a bíblia, nem ao menos piscava ao se remexer inteiro, os incisivos cravados sobre o beiço reluzente de gordura e o lábio leporino rasgado. Na ala dos compradores à espera da abertura dos negócios, após soltar uma praga, um interessado debandou, recolhendo o boné esfarrapado antes de desembestar em direção à saída, enquanto os demais cochichavam entre si com evidente desconforto. Talvez fossem novatos no valongo, mas conheciam as incontinências do senhor bispo.

    Atentos à ordem do rito, os feitores conduziram os capitães do asfalto até a tribuna, perfilando-se de costas para o orador e de frente ao lote de prenhes que aguardavam, agachadas ou de joelhos. Os capitães do asfalto vigiavam os agrilhoados e eram vigiados pelos feitores sob comando do bispo: uma sociedade cujo mecanismo se impunha tão às claras quanto um baile de salão frequentado apenas por dançarinos sem pernas. A temperatura subiu e ele se apoiou no ombro do caolho quando as pernas bambearam diante da jovem agachada em meio ao rebanho. O olho direito dela, arrodeado agora por um hematoma crescente, roxo-amarelado, o mantinha sob mira, estático. Ele se perguntou o motivo de ela o fixar tão duramente, talvez reconhecesse nele sua fragilidade, entendendo que se encontrava a meio suspiro de falecer. Verificou as próprias mãos, trêmulas e esverdeadas, os dedos ossudos e sem propósito, sentia fome, dor, no seu cu ardia uma flor de assaduras, o pau apodrecido devia ter caído pelos desvãos da cidade sem que percebesse, as têmporas latejavam, tendões se atrofiavam, a visão embaralhava, procurou ouvir o próprio coração e duvidou se ainda batia: silêncio, interrompido pela chiadeira dos gases. Essa gosta de mim, pensou, parece minha filha. Os joelhos dela estavam esfolados, as mãos apoiadas no piso eram gastas como ferramentas usadas além da conta, mas o desgaste quase sumia perto da exuberância da cabeleira agressiva como carrapicho se esparramando desordenadamente. Ostentava beleza muscular, carne de juventude, quando a pele ainda se encontra colada na carne e o músculo ajustado aos ossos. Não havia novidade no mundo anunciado pelo bispo: tudo era coisa e as coisas continuavam à venda, essas coisas tinham a imagem e a semelhança da filha, a causa plausível de ainda permanecer vivo, apesar de doentiamente enfermo. Uma promessa a cumprir.

Seus tornozelos finos e trêmulos exibiam cicatrizes mascadas pelo grilhão, marcas da propriedade deixadas por seu dono, os machucados atestavam sua condição de coisa que devia ser vendida, equivaliam à etiqueta amarrada no pernil de porco com o preço do quilo no açougue. Aos olhos da filha, ou talvez aos próprios olhos, não valia muito, porém se encontrava desacorrentado e sentiu a coronha do revólver na cintura. Ele tinha uma promessa a cumprir, então por que não a cumpria, talvez as coisas não tivessem arbítrio para fazer coisa alguma. Se já devia ter morrido, então por que continuava vivo. Aquele revólver era uma promessa para dois.

O bispo se remexia, seu incisivo projetado pelo lábio leporino cravado no beiço luzidio de baba. O movimento arrancara todas as penas dos abanadores e os peões desistiram da tarefa, arriando os cabos. Com a submissão exausta de quem se habitua ao inadmissível, as prenhes cerraram as pálpebras cobrindo a boca, aos engulhos. Apenas a prenhe de olho roxo permaneceu com vista esbugalhada, só um dos olhos, o pisoteado era soterrado pelo inchaço, esse seu olho não manifestava interesse pelo bispo que ainda resfolegava ou pela mancha crescente de porra nas suas calças, se espalhando pela virilha. Ela olhava para ele, bem nos olhos dele, que ao lado dos capitães do asfalto se apoiava no caolho, uma mirada tão magnética que o atraiu a dar um passo adiante, desalinhando-se em relação ao caolho estático, e depois outro passo, não mais que isso, só o suficiente para ficar perto dela, mais perto, ao alcance do braço da jovem prenhe, que persistiu com seu olho sem piscar apontado para ele, ela também tinha um propósito, talvez tivesse até mesmo, como ele, uma promessa.

Aprumando-se, o bispo prosseguiu, e quando algum homem tomar uma mulher nova não sairá à guerra, disse o bispo, por um ano inteiro ficará livre na sua casa e alegrará a mulher que tomou à força, o coração do homem considera seu caminho, mas o senhor lhe dirige os passos. O bispo bamboleava o tronco ao discursar, misturando-se às sombras, falando aos senhores de plantação à espera de ser ofertado o primeiro lote, tinham mais a fazer do que ouvir um insano, sussurravam, o período de plantio se aproximava, e cada um deles necessitava de mais braços antes que fosse tarde, os campos-santos que arrendavam ao bispo exigiam cuidados, que o leiloeiro ofertasse logo o lote. O bispo pediu que se acalmassem. Tinha melhorias a estabelecer, mas, como de hábito, a conversa mole se seguia ao endurecimento do pau, falava e ejaculava mais do que qualquer um poderia suportar, sua clientela aglomerada no canto guinchava como camundongos à espreita do queijo.

O mormaço no pavilhão se estendeu e uma prenhe desmaiou, obrigando outras a socorrerem a desfalecida, abanando seu rosto com as mãos. O bispo, interrompido pelo incidente, calou enquanto apreciava a correria e retomou a fala: cada uma delas contém outra no interior, disse o bispo apontando as prenhes, e as que estão dentro delas em breve carregarão outras dentro de si, e assim por diante, são caixas chinesas de fundo infinito, sede fecundos, não foi o que disse o senhor, multiplicai-vos e enchei a terra, povoai e sujeitai toda a terra, dominai sobre os vermes do mar, sobre os urubus que ainda restam no céu e as ratazanas presas ao torvelinho do presente, disse o bispo, somos plantadores ou não somos, possuímos a semente sagrada, não a possuímos. A postura dos compradores passou de enfadada a curiosa, não de todo engajada, reviravam os olhinhos e coçavam a cabeça, futucavam as narinas e comiam o que retiravam delas, à espera de qualquer vantagem que resultasse do surto. Trago meu exemplo, disse o bispo apontando as prenhes com as palmas das mãos abertas.

O olho roxo da jovem prenhe já não passava de uma brecha comprimida no lugar ocupado anteriormente pelo globo ocular, enquanto seu vizinho permanecia com a pupila fixa, não no bispo e seus volteios, mas nele, como se desejasse comunicar a ele, parado ao lado do caolho, quase sustentado pelo braço do caolho para não desabar de vez, como se quisesse transmitir a ele e somente a ele a raiva que fervia por todo o organismo dela, do sistema nervoso central às emanações do espírito, a boca travada como se contivesse um dique em vias de romper, o que o levou a recordar algo ocorrido antes da chegada dele e do caolho ao Futurama, quando o caolho constatou que a presa que traziam, única mulher do bando, a de sete dedos, escapara durante a noite. Após chutá-lo diante do cão, que, solidário, ganiu como se ambos compartilhassem as mesmas sarnas, quando levantavam acampamento, o caolho grunhiu algo sobre a filha perdida dele, sabia que a procurava, usando da prerrogativa que lhe permitia revirar a cidade. Também sabia o que a filha tinha sofrido, embora ele não o dissesse com todas as palavras enquanto dormia, nunca o dissesse, apenas sugeria isso com eufemismos, *aquilo que ela sofreu*, e o caolho até lamentava, mesmo entendendo que o crime era a norma e diante da desolação em que se encontravam agora, o importante mesmo, o único fato que realmente importava, era estar vivo. Perplexo, recolhendo tralhas do chão e olhando para o caolho como se olhasse para um adivinho, considerou como o companheiro podia saber de tudo aquilo. O caolho não era nenhum adivinho, claro, apenas ouvia o que ele falava enquanto dormia, coisas que não dizia quando estava acordado. Os rato vai dar risada se nós falar do futuro, costumava dizer o caolho.

Já a caminho do Futurama, ainda assimilando a dor nos rins causada pelos chutes e recebendo lambidas do cão, ele se perguntou o que o caolho teria sido antes de a febre irromper, de sua filha ter sofrido o que sofreu e a barbárie se desatar, se por acaso o caolho não teria sido um filósofo pré-socrático das ruas, um estoico da mendicância.

Essa conversa o levou à filha novamente, mais uma vez, essa nuvem de espuma que ia e vinha, uma nuvem com pernas que escapava, empurrada pelo vendaval, e sentiu vontade de dizer uma palavra bem alto, talvez até mais alto do que o bispo soltava o verbo na tribuna então, sob o entrechocar dos grilhões e murmúrios dos compradores, e essa palavra seria amor, algo que ele dizia com frequência para a filha quando ela era pequena, meu amor, ou eu te amo, ele dizia isso sempre que podia. Deixou de dizer quando ela cresceu e foi viver com amigas, mas agora sentia falta de pronunciar aquela palavra, de sentir a palavra se formando na boca, de dizê-la, embora soubesse que chamaria a atenção dos feitores; assim mesmo ele desejou pronunciar aquela palavra redonda e macia que culminava nas arestas do erre, e a diria de olhos colados no único olho da jovem prenhe, naquele olho que também o olhava, e diria a palavra porque agora sabia que o oposto da morte não era a vida, mas o amor. Para quem vive, a vida não passa de abstração. Tinha vivido o suficiente para saber que o amor é o aspecto concreto da existência, seu elemento mais visível, o único que permite à consciência entender a vida como algo palpável, e a palavra amor, ao ser pronunciada, tornava-se por extensão a própria vida.

Não a disse, preferiu engoli-la enquanto a voz do bispo crescia, dizendo outras palavras que ele não suportou ouvir: aqui vocês têm as minhas filhas, meus senhores, que dentro delas carregam novas filhas minhas que no futuro carregarão filhas vossas, entendam isso como uma lição, daqui em diante teremos descendentes, seremos uma só família. Seremos pais, disse o bispo mostrando os dentes à plateia, aí estão nossas filhas, podem foder com elas, mas não as matem mas façam, sim, outras filhas nelas. Nasceu, fodeu, essa é a lei. Agora levem duas pelo preço de uma.

Ao ouvir o sermão, ainda que o caolho o sustentasse pelo braço, ele vacilou, suas pernas fraquejaram. Enquanto se dobrava sobre o próprio corpo, golfando bile, a jovem prenhe se esticou na direção dele e sacou o revólver que ele trazia na cintura, enfiado na lateral das calças, e antes de ser impedida pelo caolho, ela descarregou o tambor contra a tribuna. Duas balas ricochetearam no alumínio do capacete do bispo, descascando a tinta dourada aplicada pelo avô, e duas falharam com um espocar surdo seguido de outro chocho, de pólvora molhada. A quinta bala se alojou no olho direito do bispo, por acaso o mesmo que a atiradora não podia abrir, graças ao inchaço que o tapou por completo, incrustado no fundo da cova de pus onde nunca mais se abriria, irremediavelmente morto.

No piso da tribuna, o bispo suspirou um último palavrão, cheio de incredulidade. Ao perceber que os feitores matariam a jovem prenhe, a filha e sua outra filha futura no ventre dela, suas mil filhas, ele saltou sobre ela, deixando que seu corpo a protegesse das botinadas dos feitores, recebendo os chutes em seu lugar, e ao pisotearem sua cara e o arrastarem de cima dela pelas pernas e pelos braços, e já estava quase partido ao meio quando isso aconteceu, os feitores descarregaram suas armas na jovem que talvez àquela altura já nem prenhe se encontrasse, e ele mergulhou na substância branca da pólvora despejada pelos canos, de onde desejou não sair nunca mais.

6.
O navio

Ele está enfermo e tenta curar a si mesmo. Ele conduz uma multidão de loucos; ele é o líder, o curandeiro, a única esperança. Ele volta o rosto para a multidão e pronuncia um discurso. O discurso diz que os loucos devem expor suas feridas ao sol e às moscas. A multidão murmura perplexa, mas ele grita e reafirma a sua doutrina. As suas próprias feridas, ele cobre de fragmentos de animais mortos, e ele usa um capacete dourado — ele abriu os olhos, enquanto procurava descobrir onde estava, não alcançando ver quase nada, exceto pelas réstias luzindo no negrume à frente e detrás, por todos os lados. Sentiu o forte cheiro da urina e do suor acumulado, a água salobra sob suas costas e ao longe, quase encoberto pelo ranger constante de madeira, o grasnar das gaivotas.

Tentou se erguer, mas foi impedido pela corrente presa à coleira de ferro em seu pescoço. O grilhão no tornozelo não o impediu de se apalpar apressadamente a fim de verificar se continuava inteiro, o que de fato se confirmou, a não ser pelos inchaços nas pernas e nos braços e pelos dentes da frente, cuja falta tocou com a ponta da língua apenas para lamber a mucosa das gengivas. Algo lhe pesou sobre a cabeça, um peso que de início achou se dever à sua sina e logo descobriu com os dedos o capacete de alumínio que conheceu tão bem na cabeça do avô, depois usurpado pelo bispo. Ao tateá-lo, localizou dois amassados onde as balas ricochetearam, concluindo que, se não se tratava de um devaneio, só podia ser o prosseguimento do mesmo pesadelo ao qual estava preso desde o dia em que a filha sofreu o que sofreu, ou talvez tenha se iniciado depois, quando prometeu vingança à filha e ela se foi, deixando-o com a tigela de cozido nas mãos e a promessa, ambas ferventes. Um só ato de barbárie desatou toda a infinita sequência de selvageria e o atolou no pesadelo com o restante da humanidade.

Com asco, ele procurou retirar o capacete da cabeça, porém descobriu que estava preso por uma complexa amarração de arames que se ligava à coleira no pescoço. Estendeu os dedos para os lados e tocou os braços dos companheiros aos quais estava acorrentado. Dormiam, e ele não teve alternativa a não ser voltar a se recostar, à espera de luz.

Não adormeceu, apenas se lembrou: ao verem o senhor bispo caído sobre a tribuna do Futurama, os feitores decidiram matá-lo. Era um imprestável. O caolho, porém, o defendeu, argumentando que graças ao revólver dele estavam livres de tanta insanidade. Quem sabe o patrão novo é mais normal das ideia, disse o caolho aos feitores, a gente devemos isso a ele aí. Atrasado, o leiloeiro deu início às vendas da noite, disparando um tiro para o alto e, enquanto os compradores discutiam a partilha das propriedades do bispo, incluindo o legado futuro das prenhes que restavam na plantação, ele foi levado pelo caolho até a zona ocupada pelos rebanhos e incorporado a um lote de varões.

Coberto de hematomas, seu estado tão precário contrastava com o bom talhe das peças do lote. Era o que o leiloeiro costumava chamar de troco, uma peça que não sobreviveria nem mais um mês, não valia nem meio quilo de açúcar na balança de vendas do valongo. Ademais, não sabia fazer nada de útil, algo a ver com a natureza do seu ofício antes de chegar até ali. Entre aqueles jovens se encontravam carpinteiros, agricultores, ferreiros, alfaiates, físicos e dentistas. Aquilo que ele podia oferecer, limpar o cabeçote de um aparelho de videocassete ou compor um soneto em versos alexandrinos em alguma língua morta, já não tinha lugar num mundo de coisas essenciais. O caolho se despediu dele com um aperto de mão: tomara que encontre tua filha, disse. Levado com os demais à tribuna pelo feitor balofo, ele não teve tempo de agradecer.

As peças tiveram os dentes examinados e bíceps apalpados pelos compradores, que dosavam interjeições com tragos que os deixavam risonhos e com ar benfazejo, apesar dos rebenques que brandiam nas mãos cruzadas para trás ou estalavam nos canos das botas de montaria ao gargalharem, satisfeitos. Ao ter sua boca escancarada pelo leiloeiro, um dos senhores percebeu a falta dos dentes da frente, e disse, este aqui é negócio pois rói menos milho, arrancando risadas de todos, até dos companheiros de lote. O agrilhoado à sua direita riu tão alto a ponto de levar um murro no peito dado pelo feitor. Ele recolheu o riso para não exibir ainda mais as gengivas murchas.

O lote foi arrematado por um retardatário a quem o leiloeiro tratou por capitão. De fato, vestia-se de modo distinto dos agricultores, não calçava botas de montaria e ostentava um quepe encardido na cabeça, além de adaga e espada na cintura. O capitão também usava um relógio de pulso parecido com o que ele teve um dia, niquelado e com pulseira de metal. Não sabia onde perdera o seu, quem sabe afanado por algum feitor. Qual era a serventia, afinal, de um relógio para quem está ferrado a uma corrente. Deitado ali no breu entrecortado pelas frestas de luz que aos poucos entendeu ser o porão de um navio, veio a imagem do lote conduzido por feitores armados com escopetas e carabinas e a longa jornada atravessando ruínas da cidade e depois a descida da serra até o porto.

Coxeava meio corpo avariado com a outra metade em funcionamento arrastada pelos grilhões nos tornozelos dos acorrentados, mal suportando o peso da coleira de ferro. Ao lado, à frente e na retaguarda, de aspecto sombrio sob os chapelões, feitores seguiam montados em mulas com armas de través sobre o selim e olhos atentos à procissão. A cerração permitia ver que, para além do perímetro delimitado pelos rios, a cidade se amontoava em ruínas. A mata encobriu o entulho a partir de um grande parque cujo nome, mesmo com esforço, não conseguiu lembrar. Ao ultrapassarem o monumento que persistia ali, ainda que carcomido pela erosão, uma estátua enorme em homenagem aos próceres e fundadores da cidade, talvez tenha sido o único a perceber que o séquito imitava o monumento: em montarias, homens armados conduziam outros homens, acorrentados, percorrendo sua sombra.

Ele se consolou um pouco, admirando círculos feitos pelas gotas da chuva ao atingirem a superfície do lago embarreado e coberto de pragas. Estiveram mais de uma vez ali nas margens do lago daquele parque, a filha e ele, quando ela decidiu aprender a patinar na calçada do museu. Depois de se divertirem, enquanto lanchavam no gramado, ela perguntou o que existia no fundo do lago, deixando-o, como sempre o deixava quando as perguntas exigiam imaginação, sem resposta ao menos por um instante, até esboçar a primeira coisa que lhe veio à cabeça. O passado, ele respondeu, o que tem lá bem no fundo do lago é o passado, um lugar antigo que a gente deve evitar. Mas às vezes, quando chove forte, ele prosseguiu, o lago transborda e o passado volta, entornando do fundo do lago.

E o que acontece depois, ela perguntou, e ele, outra vez sem saber o que responder, apenas para falar alguma coisa, disse que o passado vem do fundo do lago e inunda o presente. Após se confundir com o sentido da palavra presente, que por um segundo a fez pensar que ganharia algo, um presente, e cair na risada, ela mergulhou num silêncio meio esquisito e ficou olhando a superfície do lago como se aguardasse a súbita irrupção de algo que devia permanecer esquecido.

As voltas da luz do sol girando através das frestas do teto escuro do porão do navio lhe traziam essas visões: a tropa atingindo as raias da cidade, onde surgiram vilarejos coalhados de casebres de taipa e taperas, das quais emergiam crianças barrigudas seguindo de gaiatas os agrilhoados sob a vigilância desconfiada das armas dos feitores do capitão. À medida que o séquito entrou na selva do pé da serra, a algazarra dos curiosos ficou para trás, o aguaceiro piorou e a caminhada se tornou mais exigente, para além dos subúrbios do porto onde surgiu uma fortificação dependurada nos morros, construída com solidez para resistir aos ataques, ao redor de onde, margeando suas muralhas, pontificaram aqui e ali comércios de beira de estrada, índios vendendo bananas, aguateiros e tendas de serviços como a do carpinteiro e suas verrumas e tornos ou a do ferreiro com sua bigorna, onde o capitão apeou para substituir as ferraduras da montaria; após realizar a troca, quando o capitão já ia longe na dianteira da tropa, os feitores da retaguarda começaram a rir, dando cascudos na cabeça dele, que desde o início da jornada se arrastava como o último elo da corrente de agrilhoados.

Só reconheceu o motivo do fuzuê quando apareceu o feitor balofo abrindo passagem entre os outros. Nas mãos dele estava o capacete dourado de alumínio do senhor bispo que, a pedidos, debaixo de mais gargalhadas, o ferreiro atarracou na sua cabeça com arames presos à coleira de ferro. Viva o louquinho, disse o feitor balofo, viva o rei das mosca. Viva o morto que não quer morrer.

Enveredaram pelas trilhas abertas por tropeiros e o último sinal reconhecível da civilização se despediu através da figura que lembrava a de um jesuíta no seu burrico, descendo em direção à muralha.

Na subida da serra, ele caiu algumas vezes ao tropeçar nas raízes e nos pedregulhos, chegando a pensar que morreria, esganado pela coleira de ferro acorrentada aos demais, que o arrastavam em sua marcha ascendente. O estalar dos agulhões nas orelhas o despertava quando caminhava de olhos fechados, arrastado pela corrente, até o odor da maresia lhe invadir as narinas.

A trilha se tornou mais íngreme a cada légua vencida, e do meio dos galhos se insinuou a vastidão azulada do oceano lá embaixo, do lado oposto da serra. Venceram as charnecas do mangue, apoiando-se nos ramos retorcidos dos arbustos em que os elos da corrente se prendiam, atravancando a progressão. Ele sentiu, a partir de um trecho particularmente difícil do trajeto, que o capitão passou a notar sua existência e a exigir que o fustigassem. Se era para sucumbir, que morresse no meio do mato e não no porão do navio, ouviu o capitão dizer, onde contaminaria outras peças do lote. Ele próprio considerou que morrer ao pé de uma árvore, admirando o firmamento, não seria de todo ruim. Mas resistiu, afinal tinha uma promessa a cumprir.

Ao atravessarem o mangue, além do pântano surgiu uma estrada de terra batida, dobrando a velocidade do avanço da tropa. Tinham chegado à planície, em pouco tempo alcançaram um novo valongo, agora à margem do porto, de onde se podiam ver as velas dos barcos ancorados no cais, farfalhantes, e sentir o vento brando no rosto. Ao lote que ele pertencia, foram integradas mulheres e crianças, sozinhas ou em famílias. Sua esperança de rever a filha se acendeu. Não pôde deixar de soltar um palavrão ao rever a marina repleta de escunas, brigues e caravelas, enquanto a zona portuária entre os píeres se assemelhava ao metrô na primeira hora da manhã de segunda-feira.

O embarque dos diversos lotes foi realizado de forma organizada, em filas nas quais os agrilhoados não trocaram palavra, apenas acederam à rampa conduzindo ao convés do tumbeiro de três mastros, onde os receberam capatazes e imediatos, depois os empurraram através da ponte açoitada pela chuva que começou a desmoronar, peremptória como um naufrágio inevitável, direto para o alçapão.

No porão, onde permaneceu até despertar, algo que ao repousar o capacete nas tábuas imaginou que não iria se repetir, não mais, tal era o seu esgotamento, mirou por horas o teto acima, no qual projetou lembranças conforme elas chegavam, rastejantes, até a luz das réstias se intensificar ao abrir do alçapão; um marujo baixou pela escada de corda com expressão desconfiada, vista ao prender a tocha acesa que carregava no anel de ferro preso na base do mastro. A chama afastou a sombra e o homem saiu distribuindo cacetadas nos corpos arriados nas tábuas do piso, exigindo que se levantassem, de pé, bora, ordenou o marujo, hora de cagar. Cambaleantes, os agrilhoados se ergueram e se dispuseram em fila com o braço esquerdo estendido no ombro do companheiro à frente, a fim de facilitar a operação do marujo liberando-os com sua chave mestra um a um do grilhão nos pulsos, à medida que avançavam em sentido ao alçapão, por onde saíram através da escada de corda. Tamanha ordem o fez pensar que a movimentação já ocorrera sem sua presença, o que confirmou ao se livrar do grilhão e receber o escárnio do marujo: taí a bela adormecida, o come-mosca, seu rato louco.

Quando seu capacete ultrapassou o alçapão e suas pernas se firmaram como puderam no assoalho do convés, ele se juntou ao bolo descosido de homens apoiados uns nos outros, cegados pela luz do sol. Entre empurrões e silvos no ar, suportou a dolorosa claridade amplificada pelo verde-esmeralda do mar e suas rajadas cor de prata, tão intensas quanto o próprio sol. Ele só conhecia o mar a partir de terra firme, da cadeira de praia onde se aboletou nas vezes em que a filha desejou construir castelos de areia no balneário que visitavam, além de uma visita rápida ao porto. Em certa ocasião atravessou aquela mesma baía na balsa lotada de automóveis, um estacionamento se deslocando sobre as águas. O alto-mar lhe pareceu mais instável e enjoou ao apoiar as mãos na balaustrada. Os marujos instruíram a fila, com os agrilhoados ainda presos pelo tornozelo, a sentar na balaustrada com o rabo para fora. Nem bem sentou sobre a chapa quente de ferro com rebites salientes e teve início o esvaziamento dos intestinos, em princípio dessincronizados mas logo em uníssono, quase na totalidade em sua variante líquida, pontuada aqui e ali pelo roncar de algo substancialmente mais sólido que ribombava ao atingir as vagas marinhas.

Aqueles que acabavam, ainda lambuzados e escorridos, tinham de chacoalhar ao ritmo dos estalos um melancólico e fétido baile perneta no convés, enquanto eram atingidos pelo conteúdo insuficiente dos baldes despejados pelos marujos aos risos, além dos pedidos feitos a esmo pela plateia de cozinheiros e grumetes, dancem o fônqui do bico do gargalinho, berrava o pançudo de toras tatuadas no lugar dos braços, ou como é que se rebola o pagode coxinha, lembrava o imediato de tapa-olho; ele também improvisou passos de fóquis-tróti, aprendidos na cópia em vídeo de um filme mudo estrelado por aquele dançarino de sapateado a quem tanto amava. Logo compreendeu o sentido do baile, mais além de divertir a tripulação, incluindo a figura ausente do capitão lá em cima do passadiço: tratava-se dos exercícios possíveis no cotidiano dos prisioneiros, que de outro modo não se moveriam em seu confinamento no porão, amontoados em prateleiras parecidas com estantes ou jogados no piso com menos de um palmo de distância entre cada corpo, um espaço que se tornava ainda mais exíguo quando o navio tombava gradualmente a bombordo ou a estibordo, levando os adormecidos a subir uns sobre os outros, obedecendo à gravidade até o limite permitido pela corrente e pelo grilhão.

O início da viagem foi determinado por essa rotina gravitacional, rompida pelo atletismo fisiológico no convés e depois, ao merecerem a ração diária que os manteria minimamente saudáveis até o valongo seguinte, onde seriam negociados. Ali, no submundo do navio, só as coisas falavam e, enquanto elas exprimiam seu sofrimento através do rangido das tábuas e do ferro dos grilhões, o fedor dos dejetos e da água parada empesteava o ar.

Deitado de mãos cruzadas na nuca, ele olhava o teto do porão e imaginava o céu inundado de estrelas acima do convés, de onde às vezes vinham cantos alcoolizados dos marujos que ora desapareciam sob o estrondo das ondas no casco, ora ganhavam requintes de zombaria. Lembrou, com certa saudade logo soterrada sob autorrecriminações, já que não se permitia sentir falta de um tempo de servidão, das estrelas numa rara noite sem nuvens acima da senzala do senhor bispo, na qual pensou que se os grilhões lhe permitissem estender o braço, colheria uma a uma aquelas estrelas que pareciam ao alcance. Caso as alcançasse, provavelmente queimaria os dedos em suas chamas, pois segundo sua filha as estrelas não passavam de velas velando os mortos. Os mortos somos nós, eu e você. Nasceu, fodeu.

Semanas passaram e afinal os agrilhoados também começaram a falar. De início, não os compreendia direito, é provável que tivesse um tímpano rompido, ou talvez falassem outra língua, uma língua mais ou menos desconhecida para ele, que não tardou a aprendê-la. Uma noite, o homem estirado à direita falou com o que estava à esquerda dele, suas palavras o saltaram como se ele fosse um obstáculo numa corrida com barreiras, tem um bicho comendo meu olho, disse o homem da direita, ai caralho, tem a porra de um bicho comendo o meu olho. Toma aqui essa parada, disse o da esquerda esticando uma garrafa plástica por cima dele, deixa de ser mané e passa aí a parada pro truta, disse o da esquerda. É água do mar, limpa teu olho com ela, vai matar os bicho. Depois se fez silêncio, em ocasiões preenchido por gemidos do deitado à direita e pelo bater pontual das ondas no casco, até se ouvir um grito medonho vindo do lado oposto do porão.

Ele adormeceu e de manhã, ao receber um pisão que quase o esganou, tão perto da garganta que sentiu o fedor de couro molhado da bota, além de uma gosma grudada na sola que decidiu ignorar, que fazer, levantou-se como pôde só até parte da altura, pois a coleira em seu pescoço foi retida a meio caminho. O homem à direita tinha a cara rija num esgar vão entre o pânico e o alívio. Faltava-lhe um dos olhos, e ao imaginar que algo sairia da cavidade — a cauda fina e peluda, o mesmo rato de sempre, sempre o mesmo rato, o do começo, o do meio e o do fim —, virou o rosto apenas para deparar com a expressão enojada do homem à esquerda, ouvindo a ordem do feitor para que ambos retirassem o presunto dali. Teve impressão que o conhecia.

Em silêncio, os dois tiveram o pescoço libertado, mas não os tornozelos; foram mantidos acorrentados um ao outro, enquanto arrastaram o morto pelas pernas e pelos braços. Por sorte, o olho que restou ao morto se voltou para o companheiro da esquerda, que não o deixou de fixar por um só centímetro ao longo de todo o trajeto. Pareciam conversar, silenciosamente, ou se despediam sem dizer adeus. Era possível que fossem amigos.

Na travessia até o alçapão encontrou moribundos, homens, mulheres e crianças, esqueletos com olhos brilhantes incrustados no crânio, seguindo-os durante a difícil subida pela escada de corda, e de novo a claridade externa o cegou. Os carregadores foram empurrados com o morto pelo convés até a balaustrada, e de lá o lançaram às águas. Quando o peso do morto abandonou suas mãos e atingiu as ondas, quase sem fazer barulho e logo sendo engolfado, ele conseguiu ver melhor e deu com o azul do oceano, com seu aspecto vivo e indomável. O feitor voltou a algemá-los e mandou que aguardassem ali a chegada dos outros passageiros da primeira classe, disse o feitor, pois não quero o trampo de fazer duas viagem só por causa ali do campeão de cem metro raso.

O intervalo serviu para que estudasse o navio e sentisse o odor do cânhamo, o bafo do tecido grosseiro das velas ao serem enfunadas pelo vento, quase atingindo seu rosto, o ranger seco dos mastros e o entrechocar dos barris de feijão e sal amarrados por cordas no convés. Em meio ao vaivém dos marujos barbados e seminus, com suas calças aos frangalhos e panos imundos cobrindo cabelos sebosos, assomou a silhueta do capitão sobre o passadiço, distante e de olhos postos no horizonte, às vezes consultando seu relógio de pulso como se estivesse atrasado para algum compromisso inadiável. Parecia alheio à movimentação caótica dos tripulantes no convés, ou se mantinha estático por reconhecer a ordem na aleatoriedade de homens indo e vindo, subindo e descendo, bufando e suando, vivendo e morrendo.

Ele aproveitou para perscrutar a direção observada pelo capitão, e se espantou com a monotonia azulada do oceano em sua vazia vastidão de nuvens, existia somente a poderosa massa aquática do mar e seu movimento perene e sonolento. Era espantoso que continuasse a ser azul. Talvez tivesse recuperado a cor, redivivo afinal das enfermidades do planeta. Sempre haveria esperança para um doente, desde que errassem o diagnóstico. No fundo das águas o olho aberto do morto devia se maravilhar com visões magníficas, até ser comido por um peixe.

O privilégio não durou o bastante. Enfileirado, o primeiro lote de agrilhoados vindo do porão se aproximou, arrastando correntes como fazem os fantasmas nos sótãos, com as caras franzidas. O sol expunha suas chagas. Tinham asquerosas afecções nos olhos, causadas pelas mãos sujas de fezes, e perebas do tamanho de um punho cobriam pernas e troncos. Um estalo no ar matutino foi o sinal para que todos sentassem na balaustrada e esticassem seus rabos para fora. O minguado recheio dos intestinos, item que noutra circunstância mais feliz seria desprezível no cardápio de misérias deste mundo, fez a festa dos bagres. Como seria possível tudo aquilo, tanta pompa. Tanta glória. Sentado ali na balaustrada, pouco antes de sapatear seu fóquis-tróti nas tábuas molhadas do convés do tumbeiro de velas sopradas em direção à morte, sentindo o mormaço nas fuças e o fedor da merda da rapaziada, ele intuiu que sua vida já era e que nunca saldaria a promessa feita à filha. Todos aqueles cagões que alimentavam a fauna marinha ali empoleirados não passavam de sobreviventes de uma catástrofe que matou muitos, muitíssimos, e continuaria a matar: a vida humana.

Antes de baixar pelo alçapão, calculou que aquele azul seria a última coisa bela que veria. De volta ao grilhão, conferiu de novo a fuça do vizinho da esquerda, coberta pela barba grossa e preta, seus olhos emburacados na caveira revestida de carne baça. Ele o conhecia de algum lugar, certeza que sim. Mas de onde seria.

Naquela noite, enquanto mirava o teto em silêncio e ouvia o oceano que envolvia o costado do navio, ecoando dentro do alumínio do capacete como se ouvisse dois mares e não um só, o vizinho à esquerda o chamou, meu, por que você usa esse troço ridículo aí, disse o vizinho, dando um riso, uma risadinha. Não respondeu, apenas mostrou o intrincado nó de arame amarrado à coleira de ferro prendendo o capacete dourado à sua cabeça e continuou a olhar para cima, com os braços cruzados na nuca lhe servindo de travesseiro; pela primeira vez em sua vida tentou pensar na filha sem conseguir de todo, o rosto dela não tinha mais traços definidos, os olhos nublados sumiam sob a fuligem do tempo como no retrato numa lápide. Aparentemente, ele chegava à compreensão. Não faltava muito para o final da travessia do purgatório.

Era algo inesperado para ele, que durante anos desejou esquecer o rosto da mãe de sua filha, uma pessoa por quem nutria um desprezo meio distraído, mas o rosto da mãe dela não o deixava, seguia estampado na memória, às vezes aparecendo no de outras mulheres como ocorreu no cemitério, enquanto o da filha, a quem encontrara não fazia tanto assim, na verdade não calculava quanto tempo fazia que não a via, o rosto da filha desaparecia no fundo de um túnel inundado de poluição, enevoado de olvido e culpa, dissipado no breu da distância. Pai, por que você me abandonou, disse a pequena silenciosa antes de se afogar no rio subterrâneo. A dúvida não se afastava de sua cabeça, aquele capacete bloqueava a lembrança do rosto da filha, mantinha-o borrado para ele. Por que o feitor não o livrava dele, não seria um belo presente para o capitão, talvez a tinta dourada que o avô aplicou ao alumínio tivesse descascado por completo e o capacete voltou a ser um banal capacete de peão de obra, devia ser esse o problema. Para se livrar, precisaria de um alicate e das mãos livres. E de um espelho, mas duvidou que ainda restasse algum espelho inteiro no mundo, só restavam estilhaços por aí, e pensou que seria bastante útil encontrar um caco de vidro, um caco bem afiado poderia libertá-lo do grilhão que o aprisionava. Ele mal podia ver seu reflexo na poça de água parada do assoalho do convés. Só então constatou que também não lembrava mais do próprio rosto. Opa, ele disse, cutucando o vizinho da esquerda, consegue ver minha cara aqui, como é minha cara agora, hein. Com incredulidade, o vizinho respondeu, consigo, maluco, e ela é feia demais.

Tentou dormir, quem sabe assim pudesse rever o rosto da filha, o rosto dela na última vez em que a encontrou em casa, no dia em que revelou a doença. Estado terminal, ele anunciou diante da tigela de cozido como se julgasse o ponto da carne no prato, tenho pouco tempo de vida, vou matar o sujeito em questão, o sujeito que fez aquilo com você, vou matar aquele sujeito, e o rosto da filha ao lhe dizer aquela frase, a última frase que a ouviu dizer, da última vez que ele a encontrou, o que mesmo ela disse, o que foi, somente uma mulher pode compreender toda a violência contida num só ato de violência, acho que foi isso que ela disse ao ir embora batendo a porta, ou então disse que um só ato de violência causa uma reação em cadeia, fazendo a sociedade retroceder à barbárie, é, acho que foi isso que ela disse, daí ela chamou o elevador com pressa e me deixou com aquela tigela de cozido nas mãos, queimando meus dedos, meu juízo, a cara dela indo embora, virando a cara de outras filhas, da jovem bioquímica, da pequena silenciosa, da fujona de sete dedos, da menina da plantação, da mãe da menina, da jovem prenhe do valongo, de todas as mucamas do bispo, sendo esquecida, tornando-se dez filhas, cem filhas, mil filhas, um milhão de filhas.

Na outra manhã, o vizinho da esquerda o chutou no pé antes de o feitor fazer o mesmo. Parça, tive uma ideia. Esse teu casco duro aí pode livrar nós daqui, disse. O chute tinha lhe acertado um ossinho dolorido da lateral do pé, mas guardou seu silêncio ressentido, deixando o vizinho falar. É só tu dar umas cabeçada na cara do feitor, aí eu esgano ele com essa corrente, tá ligado. E a gente se liberta com a chave dele. Saindo de sua mudez, ele lembrou dos lá de cima. Têm armas, não têm. Descem e matam meio mundo. Matam a mercadoria e depois vão vender o quê, disse o vizinho. Viver assim ou estar morto dá na mesma. E se calou.

Tinha razão, o vizinho da esquerda, ele ainda reconhecia a sensatez quando a ouvia, mesmo abafada pelo revestimento do capacete. Qual seria a profissão do vizinho antes de o planeta sair do eixo, e do que viveriam aqueles agrilhoados que lotavam o porão em sua companhia, o que fariam antes da febre. Apostou que tinha de santo a assaltante ali, de juiz a criminoso. O vizinho era bom de lábia, podia ter sido dono de bar. Era impossível ver cada um dos agrilhoados naquele vasto tumbeiro, sem dúvida passavam de quatrocentos. E podia ser que o sujeito em questão estivesse ali confinado, quem sabe nos confins daquele porão, ou bem ao lado dele. A possibilidade o afligiu, arrepiou sua pele inteira, sentiu o pânico crescente se metabolizar numa irrupção de gases no baixo-ventre, as pontadas o levaram a chiar de dor. Tá tudo bem aí, parceiro, disse o vizinho da esquerda. Não teve tempo de responder, pois o feitor logo apareceu, vindo do alçapão regalando-os com cacetadas como se repartisse doces. O vizinho e ele examinaram o feitor de cima a baixo. Era sólido como um barril de carvalho, protegia a calva com um barrete encardido e calçava umas botinas gastas que deslizavam nas tábuas molhadas do piso, carregando a escopeta de cano serrado na mão esquerda e na direita o porrete. Atravessou o corredor que ficava entre as fileiras de agrilhoados com tanta despreocupação que cheirava a petulância. Aterrorizados e famintos, os agrilhoados se dobravam à sua passagem. Ao vê-los ajoelhados, arrogava-se importância igual à do capitão e os poupava dos chutes. O vizinho e ele também se curvaram quando o feitor passou, e viram que portava um punhal na parte traseira da cintura. Sentiu o cê-cê e fedor de tabaco e a proximidade acelerou seu coração. Como que pressentindo algo, o feitor deu meia-volta e suspirou, olhando os dois: tá me zuando, come-mosca, disse o feitor. Estranhava a submissão daqueles folgados que só se mexiam na base do pisão. Em sinal de complacência, deu uma porradinha de leve com a coronha da escopeta no capacete dele, que tombou para o lado em câmera lenta fingindo que assimilava o golpe. Ergueu as patas, e só faltou ganir. O bando de grumetes baixou pelo alçapão, trazendo o caldeirão abaixo com dificuldade; o cheiro da batata inundou o ar escasso e todos se mexeram para alcançar suas cumbucas. Conchas com o caldo grosso foram distribuídas com fartura infrequente, o que o levou a suspeitar que o destino do tumbeiro não estava longe e o capitão desejava melhorar tanto a aparência como a disposição da carga antes de aportar no valongo onde seria negociada.

Como de costume, a cumbuca aquecida entre as mãos o conduziu a lugares distantes, nem sempre agradáveis de visitar; no entanto, comparado à agrura do presente, o passado tinha a vantagem de ficar mais longe a cada dia, no lugar indefinido anteriormente ocupado pelo futuro.

Daquela vez se via debruçado sobre a mesa da cozinha do apartamento onde vivera nas décadas precedentes, algum tempo depois de ser informado da natureza de sua doença. Diante de si tinha dois envelopes, um contendo exames diagnósticos e outro enviado pela advogada da filha, do qual caíra a cópia meio borrada da carteira de identidade do sujeito em questão. Graças à má qualidade da fotocópia, o retrato no documento era por demais contrastado, não permitindo que os traços do sujeito que fizera aquilo com sua filha fossem discerníveis, os olhos não passavam de borrões e a boca era um rasgo escuro, uma porta do inferno. Daquela porta tinham saído mentiras e sevícias que continuavam a sair pela boca do vizinho da esquerda, não agora, enquanto o vizinho sugava o caldo da cumbuca com rudeza ao seu lado, mas antes, ao seduzir sua filha naquela noite pretérita e no presente de fazia pouco, quando o convencia a atacar o feitor com seu capacete.

Era o inferno que falava ali pela boca do vizinho, ele o reconhecia agora daquela fotografia, os mesmos borrões em forma de olhos, a boca que era um esgoto do inferno engolindo caldo fervente dos caldeirões do demônio e o devolvendo em forma de palavra, em forma de sevícia.

Naquela noite, entre tossidos e roncos, o vizinho de corrente e ele estreitaram elos. Na conversa sussurrada na obscuridade, encoberta pelos gemidos do navio embalado pelo oceano, ele descobriu que havia patrulhas nos mares em busca de tumbeiros como aquele; corriam duplo perigo, já que seus anfitriões prefeririam o prejuízo de se desfazer da carga ao flagrante do crime. Nós é produto pirata, disse o vizinho da esquerda soltando um risinho. Mas também pode rolar desse tumbeiro cair nas pata dos outro bucaneiro, entende, dos pirata que rouba pirata. Pode ser que os outro seja pior que esses daí de cima, e aí nós tá é lascado. O vizinho, a quem ele não podia deixar de ouvir, que fazer, recomendou que reparasse ao subir no convés para cagar: a bandeira no topo do mastro nunca era a mesma. Mudavam-na de tempos em tempos para escaparem da patrulha marítima, só que a artimanha não funcionaria com bucaneiros, que, justamente, podiam se disfarçar sob a bandeira de uma patrulha. Se isso ocorresse, o capitão não teria tempo de se livrar deles, e passariam ao poder dos bucaneiros.

O vizinho relatou algo que testemunhou, um tumbeiro como aquele atravessava o mar quando foi abordado pelo brigue da patrulha marítima atraído pela grande quantidade de barris na água. Segundo a corrente e a maré, os barris podiam ter origem naquele navio. Ao abordar o tumbeiro, a patrulha descobriu que se tratava apenas de comerciantes com o porão carregado de especiarias. Estranharam, porém, o fato de os produtos não estarem abrigados em barris, como de hábito no comércio marítimo. Depois de liberar o navio, no caminho de volta, a patrulha resgatou um barril dos encontrados no mar. No interior havia três corpos num espaço onde mal cabia um. Tinham os olhos devorados pelos peixes e o tumbeiro já se encontrava longe demais para ser alcançado.

Ele se perguntou como o vizinho poderia ter testemunhado o episódio. Não era possível que pertencesse à tripulação do brigue e era improvável que tivesse estado dentro de um barril daqueles. Afinal, ele intuiu qual tinha sido o ofício dele antes de virar mais uma carga naquele porão. Depois de ser dono de um bar, do abatedouro onde drogava clientes desprevenidas para fazer aquilo que fizera à sua filha, o vizinho foi um traficante de mercadoria humana.

Ficou um tempo remoendo aquilo e olhando o teto do porão, aquela barreira que o impedia de admirar o firmamento. O episódio era ilustrativo daqueles tempos, nos quais o destino permitia apenas três possibilidades: estar do lado da sorte a bordo do brigue da patrulha marítima, ou preso no porão de carga de um tumbeiro, ou no interior de um barril jogado ao mar. Passou a noite tentando trespassar a barreira do teto, imaginando que era a imensa tampa de um barril gigantesco.

Em resumidas contas, só existiam dois destinos possíveis: a fortuna da liberdade e o interior de um barril fechado. Sem conseguir ver as estrelas, ele se perguntou um milhão de vezes qual dos dois teria sido o destino de sua filha. Se, como ela dizia, as estrelas fossem mesmo velas acesas no céu, que ao menos não tivessem nenhuma morta para velar.

O vizinho da esquerda falava dormindo em sua gíria de traficante. Dizia coisas que irrompiam meio abruptas dos grunhidos e roncos, tão límpidas que o deixavam pasmo. A ele, seu interlocutor insone, se é que por acaso não tinha adormecido sem perceber e as tais frases lhe habitavam o sono, pareciam reflexões razoavelmente lúcidas, como uma que considerava que somente ali na imobilidade dos grilhões todos poderiam ser felizes, eram como convalescentes num hospital, sussurrou a voz rouca do vizinho da esquerda, antes tinham uma trabalheira e agora relaxavam; nunca mais em suas respectivas existências, que, não era assim tão difícil prever, não seriam longas demais, poderiam passar dias e noites deitados, se quisessem, ou deitados e sentados e deitados de novo, com liberdade de decidir, jogando papo fora, com a cabeça nas nuvens, sem terem de suar de domingo a domingo, estivessem doentes ou saudáveis, feridos ou inteiros, o melhor a fazer seria não se rebelar, ou ao menos não tão cedo, pra que correr, afinal, pomba, o ideal seria adiar o motim indefinidamente, pelo menos até a véspera da chegada ao valongo, assim poderiam apreciar as três refeições que os traficantes lhes serviriam a fim de que se tornassem gordos e apresentáveis para serem vendidos por preço superior, ele sabia disso pois também fora traficante e dono de bar, um safado de um aproveitador de mulheres, isso sim. Deviam aproveitar a convalescença, em suma, e se o motim resultasse vitorioso e saíssem livres, aí é que não descansariam mais. Dá um puta trampo ser livre, roncou o vizinho se virando para o lado.

Naquela manhã, ao menos era o que sugeriam os laivos de céu nas frestas, o sujeito em questão, ou o vizinho da esquerda, apontou para o feitor caminhando entre as fileiras de agrilhoados do lado oposto do porão, sumindo nas sombras. Pra lá só tem racha, disse o vizinho, aquele pau-no-cu quer tudo as racha pra ele. Comprimindo-se as vistas, mal se vislumbravam as figuras do outro lado, embora estivesse ao alcance a inhaca de carniça e menstruação e ouvir seus gritos e seu choro, às vezes suas mortes, seus chiados de esvaziamento e dor. O vizinho se remexeu no canto, sofregamente, esfregando a virilha e dizendo que o conhecia de algum lugar, de onde tu é, do capacete, conheço tua feiura, não conheço, seu xarope. Ele, no entanto, olhou para o teto como se olhasse para um espelho, de alguma maneira estava se metamorfoseando naquele teto, seu corpo começava a soltar farpas de madeira escura e molhada, um homem é feito da paisagem que o rodeia e já fazia um tempo seu horizonte não parecia diferente daquela tampa de caixão.

Acabou adormecendo com o murmúrio do mar, enquanto considerava a bondade: poderia ser considerado um gesto benevolente da parte dos feitores separar as mulheres dos homens, ou seriam motivados apenas pelo egoísmo, criando uma espécie de reserva de mercado.

No meio da escuridão teve o sono interrompido pela corrente no pescoço esganando sua glote e recobrou a consciência, tossindo e gemendo com a boca tapada; logo percebeu que o vizinho o cobria, usando a corrente que os prendia um ao outro para sufocá-lo, enquanto arregaçava seu calção tentando meter no seu rabo, bafejando na orelha dele, o carinha aqui endureceu e tá pedindo pra ser metido num buraco, disse, mal aí, parça é parça, meu parça. Ele reagiu, mordendo a mão oleosa e fedida, cravando fundo os caninos e até a gengiva no osso do vizinho, um cão acolhe o afago mas também abocanha com os dentes que lhe restam. Mesmo assim nem sempre sobram os dentes necessários, às vezes só o que se tem são gengivas. A corrente o sufocou e os dentes do outro atacaram sua nuca, de novo o cão, o comportamento de cão dos homens, homens-cão: a corrente o prendia agora do tornozelo ao pescoço como uma coleira. Uma onda negra e abrupta se insurgiu, aproximando-se. Tinham ouvido seu grito. A onda criou garras, tentáculos, parecia um grande novelo humano, a corrente criou vida, deslizando ruidosamente, liberando sua garganta: o vizinho foi arrancado de cima dele e arrastado, engolido pelo vulto com vinte braços e vieram do assoalho ruídos abafados de luta, o retinir metálico dos grilhões e grunhidos, até o vulto com muitos braços se afastar sorrateiramente de volta ao outro lado do porão, enquanto ele se recobrava, subindo o calção todo rasgado e grudento, ferido, e o vulto retornou ao lugar de onde veio, o canto onde ficavam as mulheres. Fez comigo aquilo que fizeram com minha filha, aquilo que não interrompi pois não estava lá para fazer qualquer coisa, assim como aqui também não fiz nada.

Ainda aprisionado à corrente que estrangulava seu pescoço, o vizinho permaneceu imóvel, os olhos esgazeados para o teto do porão, virados para a tampa do caixão fixada no seu horizonte definitivo. Sem alternativa, ele continuou ali ao lado dele por toda a noite, com os olhos igualmente abertos porém vendo coisas diferentes, coisas mais tristes e violentas, quando clareou um pouco e o feitor ordenou aos peões que jogassem o cadáver no mar, ainda teve tempo de se certificar de que aquele ali se parecia em muitos aspectos com o sujeito em questão, na covardia e na trairagem, mas não se tratava do mesmo sujeito que fez aquilo com sua filha. Era apenas outro homem.

Ele olhou para o lado oposto do porão onde as mulheres ficavam e finalmente as viu de relance, as mulheres, destacadas do vulto que as igualou momentaneamente durante a noite, assentindo para elas com a cabeça em sinal de gratidão, perguntando-se se a sua filha estaria lá do outro lado, se estaria com elas olhando por ele. No porão daquela noite permanente, adormeceu com a esperança de não acordar.

Mas acordou, de novo e de novo e sempre com a mesma sola da mesma botina na cara, esfregada no entanto com ímpeto incomum. Do convés e da proa lá de cima, da ponte e do passadiço, chegavam uivos e apupos: tinham avistado terra e a tripulação celebrava. Ouvia-se nas tábuas do assoalho superior o bruto sapateado dos marujos e os feitores, igualmente animados, manifestavam sua satisfação com pernadas e safanões nos agrilhoados enquanto estes escalavam o alçapão. Empoleirados na balaustrada, atendendo às ordens, cagaram meio apressadamente. À medida que se limpavam com trapos e baldes que lhes eram fornecidos, os agrilhoados eram separados em pequenos lotes sob o juízo criterioso da tripulação, que parecia se divertir como crianças brincando de casinha. Aos risos, formavam casais antes inexistentes, este sarado com aquela faceira ali, diziam, inventando genealogias do nada, e a moleca pode se fazer de filha deles.

Quando os lotes estavam formados, os marujos começavam a batucar um ritmo alquebrado e sem talento algum em fundos de baldes, nos ferros dos barris e no piso do convés, assoviando e batendo palmas, obrigando os agrilhoados a dançar. O capitão não mantinha o olhar no horizonte como das outras vezes, e lá de cima observava com interesse o frenesi no convés, verificando no seu relógio de pulso quanto faltava para tudo aquilo acabar. A cada diferente lote de homens, mulheres e crianças desnudas, os marujos lhes endereçavam pedidos: dance alguma coisa da terrinha, diziam, ou um fônqui típico. Mais rápido, diziam os marujos, isso, agora com força. Gotas de suor escorriam das caras reluzentes sob o mormaço, e o sol ameaçou romper a monotonia cinzenta do dia.

Como uma quinquilharia sem valor, deixado de lado, ele acompanhou o baile apenas com discretos movimentos da cabeça e batidinhas do pé, até ser convidado ao salão por um bicudo nas costas desferido pelo grumete mais entusiasmado. Quase sem fôlego, saracoteou um fóquis-trói introvertido, sentindo o fervilhar dos corpos se remexendo ao redor, enquanto o repique providenciado pelos tripulantes aumentava mais e mais, e garrafas com um líquido avermelhado e fedido corriam de mão em mão. Aqui e ali, os marujos cediam o gargalo aos bailarinos. Sorriam, dizia a marujada de plateia, e as bocas exibiam dentes enormes num esgar congelado, cinturas rebolavam, rabos desciam e subiam em fônquis mirabolantes, pés cascudos enceravam as longas tábuas do convés que cedia um pouco à algazarra da dança, e um feitor se animou a repentear uns versos que falavam da nostalgia dos tempos idos e das saudades de casa. Ao bailar, ele viu o capitão voltar a olhar para a distância, dessa vez com luneta em punho. Estão chegando, gritou o imediato ao aceno do capitão, e ao ouvi-lo a batucada cessou, os marujos retomaram sua brincadeira de casinha, distribuindo calças e saias mais ou menos limpas, raspando cabelos e barbas grisalhas dos mais velhos para que rejuvenescessem, adulterando seu prazo de validade já vencido.

Ao sinal de descansar, ele olhou o mar e identificou ao longe a franja verdejante da terra e a baía onde o tumbeiro tinha embocado. Depois de tanto dançar, à medida que retomava o fôlego, percebeu que estavam ancorados e se aproximavam, à meia distância, seis botes com quatro tripulantes a bordo de cada embarcação. Vinham vagarosamente, quase desocupados para retornarem lotados aos navios de onde procediam, cujas velas podiam ser vistas a estibordo. Sob ordens do imediato, a tripulação se armou de escopetas e carabinas e se alinhou à espera dos visitantes, as armas em posição de descanso. Os lotes foram organizados segundo a ordem a ser ofertada, o casal vistoso com sua filha adotada à frente. O capitão baixou da ponte de comando e o sol refletiu nos botões dourados do jaquetão que vestia; ficou estudando os homens de pé na proa dos botes que chegavam e os cumprimentou ao assomarem, um a um, pela amurada do tumbeiro.

Eram os compradores. Com trejeitos de leiloeiro, o capitão anunciou as qualidades daquela família: o homem era agricultor, com noções de contabilidade e carpintaria; a mulher falava espanhol e aimará, boa para cuidar da senhora da casa-grande, a menina era copeira. No primeiro lance, feito por um velho senhor de olhos lacrimejantes, viu que a família logo teria novo endereço.

Da última fileira, onde quedavam semiescondidos os enjeitados, aqueles que serviriam de troco ao comprador que oferecesse a soma mais vultosa, ele observou a menina adotada, os olhos abstraídos dela pelo hipnótico azul do mar, e se lembrou de uma tarde com a filha no museu, quando ela permaneceu com aqueles mesmos olhos admirados da menina diante da cena marítima pintada por um pintor flamengo do século XVII, uma tela que, ele sabia, custara algumas centenas de milhões ao fundador daquele museu que pertencia a uma fundação com fins culturais, desses institutos que os ricos, os multibilionários, e disso ele sabia também, usavam para simultaneamente autoagregar à sua imagem pública o verniz inconfundível de filantropo, na mesma medida em que, por outro lado, através das possibilidades oferecidas pelo governo somente aos ricos, economizavam alguns trocados de impostos, trocados estes que, antes de servirem para sustentar museus e fundações, vieram de muito tempo atrás, e isto ele já não tinha condições de saber, era de conhecimento de pouquíssimos, antes de servirem para adquirir e acumular obras de arte de valor quase abstrato, serviram para a lavagem de dinheiro do tráfico de drogas e da corrupção de políticos, dos desvios de dinheiro público, que antes disso renderam juros e correção monetária, tudo isso — coisa que evidentemente ele não sabia — administrado pelo próprio banco do qual o filantropo era fundador e sócio majoritário, uns trocados que se originaram mas muito antes de servirem para a compra e preservação daquele estupendo quadro do pintor flamengo de vários séculos de idade diante da filha absolutamente fascinada por suas têmperas azuis e púrpuras que atribuíam à pintura um clima de véspera da fundação do peradaise na terra, e que bem antes de servirem ao pai do banqueiro filantropo como capital inicial do seu negócio de agiotagem e empréstimos a juros exorbitantes, serviram ao avô dele para comprar imóveis, muitíssimos imóveis, que, além de renderem através da especulação, abrigariam as futuras agências do banco que multiplicou ainda mais aquela riqueza, algo que a sua filha, absorta por aquela obra-prima da pintura, assim como a menina adotada ali no convés admirava o mar, empurrada pelos feitores em direção à amurada, jamais suspeitaria, assim como ele próprio que nada sabia disso, nem ele nem a filha naquela tarde no museu diante da cena marinha pintada pelo artista flamengo jamais souberam, que toda aquela riqueza veio do gado, dos milhares de cabeças de gado que cobriram a terra da imensa fazenda obtida pelo bisavô do banqueiro filantropo através da fortuna feita com engenhos de açúcar no norte do país, numa fazenda bem menor que aquele latifúndio dedicado à pecuária, uma terra que foi cultivada pelas mãos de escravos como os daquele lote que o capitão tinha acabado de vender ao velho de olhos gulosos, velho bastante parecido inclusive com aquele outro bisavô, ele agora sabia disso, o bisavô do banqueiro filantropo dono do museu onde estava a cena marinha pintada pelo pintor flamengo, açúcar aquele do engenho cultivado pelas mãos escravizadas daquela menina adotada que permaneceu absorta pela magnitude do mar, assim como a sua própria filha também ficara diante da cena marinha pintada pelo artista flamengo no século XVII, exposta no museu naquela tarde de muitos anos atrás.

 Ele percebeu que um marujo trocava a bandeira do navio no topo do mastro central por outra bandeira de cores diferentes. O marujo aprumado no cesto de gávea do segundo mastro, com as mãos em concha, gritou algo endereçado ao capitão, algo que ele não logrou entender mas que causou rebuliço no convés. Apavorados, os compradores se lançaram à amurada, baixando de volta aos botes. Sacando suas adagas da cintura, os feitores apunhalaram os agrilhoados próximos e os empurraram para o mar. Em segundos, tinham passado de mercadoria a mero lastro. Ainda soltos das correntes graças ao baile que precedeu o leilão, homens e mulheres saltaram nas águas mesmo sem saber nadar. Era melhor correr o risco do que ser degolado e se afogar no próprio sangue.

Com a debandada de corpos tolhendo sua visão, ele primeiro acompanhou o capitão retomar a ponte de comando e do alto do passadiço ordenar que enfunassem as velas a boreste e despejassem todo o lastro a toda a velocidade. O primeiro canhonaço furou a vela de estai, atingindo o mastro principal que partido ao meio despencou sobre o passadiço, esmagando o timoneiro e o capitão.

Antes de ele saltar da amurada para a água, a menina adotada foi arrastada pelo vagalhão humano no centro do convés, ou talvez ele a tenha visto enquanto despencava pelo costado do navio ao mar coberto de cadáveres e por focos de incêndio no óleo derramado; durante a queda o brigue da patrulha marítima se aproximou velozmente, assim como o vizinho havia lhe contado que aconteceria, com as velas infladas por alguma ventania redentora, soprada talvez pelo próprio deus vingador, e o segundo e terceiro canhões dispararam simultaneamente duas bolas de ferro flamejantes que atravessaram o horizonte numa parábola e atingiram a nave central do tumbeiro, levando-o a pique.

Quando atingiu a água, bateu com o capacete de alumínio nos destroços e surgiu um sorriso de caveira no lado escuro da lua semidevorada pelas labaredas. No firmamento, acendendo uma a uma, as estrelas velavam por todos nós, os mortos aqui embaixo.

7.
A origem

O gosto de sal na boca o despertou. Ele sentiu o refluir das ondas no rosto, a textura vítrea nos dentes ao mascar areia, as pancadas do sol nas costas, o calor branco. Estava ali de bruços na praia fazia quanto tempo. Muito tempo. O mar ia e voltava, quase encobrindo seu corpo. Um murmúrio úmido, igual ao escutado ao se aproximar uma concha do ouvido, ressoava dentro do capacete dourado. Estava nu, era espancado pelo sol.

A perder de vista, a areia culminava na selva, em qualquer direção que se olhasse, e saiu mancando à procura de alguém. Talvez a menina adotada tivesse sobrevivido ao naufrágio. Se ali era o destino final do capitão, deveria haver um valongo, e ao redor dele uma cidade, comércio e seus habitantes. Não encontrou nada além de destroços entre as conchas lilás e algas esverdeadas sobressaindo da areia branca que sentiu formigar sob a planta dos pés. Veio à lembrança a imagem do tumbeiro à deriva na voragem, enquanto do destroço ao qual se agarrava ele o observou ser engolido pelas águas; na ponta do pedaço de madeira flutuante que salvou sua vida surgiu um rato encharcado e olhou para ele; ambos giravam, aprisionados pelo turbilhão do presente.

O vento trazido pelo mar soprou em seu rosto e na pele esturricada das costas e das pernas, arrancando arrepios de dor. Sentia frio, talvez estivesse com febre. Examinou o corpo, apalpando o tronco a esmo, e não encontrou nenhuma ferida mais grave. Fez o mesmo no revestimento descascado do capacete: havia uma funda depressão no alumínio à altura da têmpora direita, resultante da queda da amurada do navio. Se estivesse agrilhoado ao cair, teria se afogado. Agora estava livre, o que fazer, isso lhe daria um trampo, e continuou a se arrastar, admirando a limpidez das águas.

Quando as primeiras estrelas se fizeram visíveis, no começo quase sem brilho, um tanto foscas, como velas apagadas, o espaço indevassável entre elas se pronunciou até assomar um azul quase negro das cores que se sobrepunham, e do fundo dessa escuridão nasceu a noite vinda com tudo, trazendo novas camadas de estrelas que choviam açúcar de confeiteiro acima das montanhas negras e inalcançáveis; ele não suportou tanta beleza e dor, suas pernas fraquejaram e sentou ali, entre o mar e a selva, sentindo cheiros inexplicáveis arrastados pelo vento e ignorando sinais de fome do estômago. Adormeceu nesse intervalo, sob a manta perfurada do céu.

Após despertar com o ruído feito por dezenas de patas de siris se movimentando na areia, sentiu agulhadas no ventre e se enfiou no mato à procura do que comer. Ao deparar com arbustos carregados de um pequeno fruto sanguíneo de perfume tão convidativo que poderia ser mordiscado no ar, temeu morrer envenenado. Indeciso entre saciar a fome e prosseguir vivo, localizou com horror debaixo dos ramos a ossada de passarinhos e se livrou dos frutos sobre a terra molhada.

Enquanto lavava as mãos no remanso, perguntou-se como poderia sobreviver em liberdade, sendo ele próprio, mais do que nunca, um passarinho de gaiola. Precisava encontrar comida e água potável, tinha uma promessa a cumprir. A lembrança da promessa veio assim, tão súbita que lhe pareceu despropositada.

Na seguinte incursão ao mato, encontrou árvores lotadas de frutos ainda mais vistosos do que os comprados no Futurama ao lado da filha e, quando enterrou os últimos dentes que lhe restavam na carne esverdeada de um deles, lembrou quanto ela gostava de comer aquele tipo de fruto com açúcar, e umas lágrimas escorreram por sua face barbada temperando um pouco a polpa, deixando-a salgada.

    O vento batia nas ramagens e ele decidiu escalar o tronco, algo que não fazia desde a infância. Ali em cima daqueles galhos, cercado das folhas frias da árvore acariciando suas queimaduras, ele experimentou alguma felicidade ou uma sensação que, por pura falta de costume, hesitou em reconhecer como sendo a felicidade. Após se saciar, ficou um tempo lá em cima dos galhos, refletindo sobre o vaivém da vida, quando ouviu movimentos na relva mais abaixo, as folhagens se mexiam à passagem de algum animal, e ele adotou o mais rigoroso silêncio. O terreno das árvores estava coberto de arbustos e mato da altura de um homem mediano como ele, que agora era percorrido por diversos animais dos quais podia ver apenas a farta pelagem negra. Movimentavam-se velozmente, os animais, soltando grunhidos que pareciam de satisfação. Ele logo percebeu que recolhiam os frutos maduros espalhados pelo chão e depois se aquietaram, enquanto comiam. Escutou seu barulho suave ao mastigar, soando para ele como um agradável murmúrio de velhos amigos que não se viam fazia muito tempo, amigos se reconhecendo em silêncio. Ele admirou os tufos de pelos negros sobressaindo das folhagens cobertas de flores amarelas lá embaixo, imaginando que seres poderosos e delicados poderiam ser aqueles.

A noite o pegou na areia de novo, ele apoiou o capacete de alumínio numa pedra coberta de limo que usou de travesseiro. As estrelas estavam baixas a ponto de o cobrirem no solo, o clima era tão ameno que se sentiu verdadeiramente abrigado. Eram tantas estrelas cadentes e ele fez seus pedidos tantas vezes e com tanto fervor que alguma delas o atenderia com toda a certeza, não teve dúvidas que sim.

    A partir da primeira luz do alvorecer, caminhou no sentido do sol, disposto a encontrar outros sobreviventes (quem sabe não poderia adotar a menina adotada, quem sabe) ou nativos daquela terra desconhecida. A vegetação ao longo da orla se tornou densa e verdejante à medida que avançou, apoiado num pedaço de pau lhe servindo de cajado. Precisaria improvisar arco e flechas, segundo a técnica aprendida com o avô, talvez uma lança fosse mais simples de fazer. O calor na areia escaldou seus pés e ele os esfriou numa piscina natural no mar; entre rochas nas quais se encarapitou, cardumes prateados passeavam como se oferecendo para saciar sua fome, oferta que decidiu aceitar, alcançando um deles com a mão: o sabor da carne tenra da barrigada do peixe lhe pareceu estarrecedor.

Ali sentado nas pedras, acompanhou o sol mergulhar no oeste quase elevando a temperatura do mar ao nível da fervura, enquanto ouvia a algazarra dos pássaros na mata e o rugido das feras abafados pelo alumínio do capacete. Ele sentiu a onda de energia reverberar do estômago cheio em múltiplos espasmos de gases, irradiando por todo o corpo até ser expelido com um som de trompete, afugentando o cardume. Sentia-se bem como fazia tempo não acontecia. Era possível que tivessem trocado os exames dele pelos de algum doente. Nesse caso, sua promessa à filha se baseava num equívoco, portanto estaria livre dela. Mas o que nesta vida não se baseia em equívocos, talvez a própria vida seja um erro na programação do universo: calhou de uns esporos vindos de não sei onde mergulharem nesse oceano aí e encontrarem nas profundezas as condições necessárias para semear o planeta. Descrita assim, a vida não parece um ato de violência, não parece uma perturbação na ordem inicial, dando início à história. Não parece um ato de barbárie que disparou todos os atos subsequentes. Eu me equivocava mais uma vez: o que valia era a vingança, não a doença. E disso tratava minha promessa.

As cores do amanhecer nem sempre eram iguais, nenhum dia se parecia com o outro. Ele entrou na mata em busca de comida e, ao vencer o terreno coberto de espinheiros, sentiu-se observado. Ao atingir a área onde pensou se localizarem as árvores frutíferas do outro dia, não restava nenhum fruto nos pés, nem mesmo aqueles caídos ao redor das árvores. Talvez tivessem sido colhidos por outro náufrago. O acúmulo de nuvens aumentou na mesma proporção em que a luminosidade diminuiu, os ventos mudaram, ele previu que precisaria se abrigar e rápido, apesar de não saber onde. Temia entrar na mata e se perder, não conseguindo mais se guiar pelo marulho das ondas. Trovões e relâmpagos clarearam as copas das árvores, ondas se agitaram e a tempestade desabou. Ramos impelidos pela ventania chicotearam sua cara, trazendo-lhe lembranças ardidas da plantação. Decidiu se arriscar na mata. Caminhar na relva e nas rochas lisas, cobertas de musgo, era perigoso. Sozinho como estava, quebrar um braço ou a perna seria antecipar o fim. Após caminhar o suficiente para se lembrar que morria de sede, bebeu água da chuva com a ajuda de uma folha enorme. Logo o terreno se tornou íngreme, e no aclive entre rochedos, encontrou uma gruta onde se abrigar. Não se aventurou pelo buraco, cuja abertura não ultrapassava dois metros, não mais que isso, pois temeu que fosse a toca de um predador. Agachado e oculto numa reentrância, surpreendendo-se com as ramificações de raios no céu, parecidas com as artérias de um pulmão, aguardou até o aguaceiro cessar.

Maravilhou-se com o que surgiu pela manhã: a foz de um riacho nascia naquele rochedo, desdobrando-se numa cascata e culminando no córrego do baixio, que escorria na clareira. Quando o arco-íris se formou sobre a moldura verdejante formada pela mata, ele se perguntou pela primeira vez se enfim já estaria no peradaise. Soltou uma risada quando a palavra em língua estrangeira lhe veio assim, uma mania do seu ofício, no qual sobrava gente que gosta de fingir ser bilíngue desde o nascimento.

Depois explorou as redondezas à procura do que comer. Ele vinha das ruínas de uma cidade, cuja existência notou somente quando já havia desaparecido. Seu contato com a natureza não passara das visitas ao parque com a filha, onde as ameaças se resumiam a algum mendigo insistente, nada mais, e do acampamento que frequentaram após ser abandonado pela mãe dela. Agora era perseguido por uma nuvem de mosquitos empenhados em devorá-lo. Não encontrou pomares, apenas os pequenos frutos vermelhos de antes, que dessa vez não hesitou em comer. Tinham um gosto desconhecido, além de serem pequenos e pouco substanciosos. Para se saciar, devorou o pé inteiro. Passou a noite tendo visões e defecando nos rochedos, espicaçado pela cólica, receoso de que seus gemidos atraíssem algum animal.

De manhã, ao verificar seus restos tingindo as pedras, pensou que morreria. Eram borras pretas como sangue pisado, sentiu que se desmanchava, se desintegrava, iria se liquefazer a qualquer momento, afinal talvez não estivesse no peradaise, seus restos escorriam como se fossem suas próprias vísceras saindo, logo sobraria dele apenas o capacete dourado reluzindo nos rochedos ao sol e nada mais.

Quando viu estranhos pássaros se deleitando nas borras, descobriu que não passavam de frutos mal digeridos. Além de provocarem visões, eram indigestos. Decidiu produzir um arpão. Encontrou a madeira ideal para o que pretendia num bosque repleto de arbustos de troncos delgados e retilíneos, que arrancou com esforço e depois esculpiu nas pedras de ponta afiada da clareira. Nos dias recessivos, enquanto o tempo refluía à nascente, voltou à piscina natural encontrada num trecho da praia e reviveu sua destreza para arpoar peixes, embevecido por tantas cores e tamanhos. Produziu fogo ao esfregar dois gravetos sob o sol, o que lhe permitiu grelhar a carne sobre uma pedra achatada.

Ele passou a ouvir um zumbido leve no ar, parecido ao de um inseto. Aconteceu algumas vezes, até se certificar de que não era uma miragem. No horizonte, um avião cruzava o céu bem alto sempre no mesmo trajeto, levando-o a se lembrar de outro avião que sobrevoava sua cidade no horário pontual em que ele e a filha acertavam os ponteiros do relógio de pulso. Com as mãos em aba protegendo as vistas do sol, ele se perguntou se seria sempre o mesmo avião, o avião de sua filha, aquele que atravessava a janela do apartamento todas as noites. Sabia produzir fogo e agora tinha um avião cruzando o céu para lhe informar as horas. Só faltava a tigela de cozido para que a filha também aparecesse para o jantar e ele então pudesse renovar sua promessa.

No entanto, seus olhos a cada dia enxergavam menos. Tinha dúvidas se a reconheceria quando a encontrasse de novo e mais dúvidas ainda se já havia reencontrado a filha e por alguma infelicidade não conseguiu reconhecê-la. Vagaroso como um pesadelo à luz do dia, deixando apenas seu rastro nublado na atmosfera, o avião desapareceu detrás das nuvens.

Na mata, descobriu plantas comestíveis e árvores frutíferas, terrenos inteiros cobertos por tubérculos e leguminosas. De algum modo, tais espécies eram aparentadas com outras existentes na cidade onde ele vivia, porém tinham formatos e cores estranhas, distorcidas. O mundo se apagava lentamente em seus olhos. Os pequenos frutos sanguíneos aguçavam seus sentidos, deviam ter propriedades alucinógenas. À tardinha, o sol se derretia como uma pizza sobre a selva de brócolis. O estado natural da existência era a repetição, a estabilidade. Acocorado nos rochedos, ele acompanhava as famílias de animais se revezando no córrego lá embaixo, os pais e as filhas em ordem e sempre juntos, em grupo, bebendo água em silêncio para não chamar a atenção dos predadores do mundo.

Quando escurecia e restava alguma pequena desgarrada do bando, talvez ainda intrigada pelo reflexo das estrelas na água, distraída pela beleza da vida, saía da selva uma besta que se manteve à espreita o tempo todo, um vulto que ele mal podia vislumbrar de onde se encontrava, um tremor mais sombrio que o ar sombrio através do qual se movia na noite e que abocanhava o pescoço tenro da filha, arrastando-a para o interior da mata. Ele permanecia impávido acima daquele quadro da natureza, como um pai impotente diante da desgraça.

Por muitas noites ele habitou a reentrância nas rochas pois temia entrar na gruta. Mas as chuvas aumentaram a ponto de não conseguir manter a fogueira acesa e numa manhã foi arrastado ao buraco na montanha, onde permaneceu imóvel até a tempestade amainar, envolto pelo breu interrompido por lampejos ocasionais dos relâmpagos. Graças aos clarões, observou que, além do salão que ocupava, um espaço oval e seco, o interior da gruta se ramificava em corredores mais estreitos à medida que se distanciavam. Desejou que nenhuma fera saísse daqueles precipícios, mantendo seu arpão em punho. Quando a chuva cessou, armou um braseiro com pedregulhos. Depois juntou suas coisas, uma pedra afiada que usava como lâmina e as cumbucas feitas de cocos secos, e se mudou para lá.

Por aqueles dias descobriu também, num ímpeto de coragem que o levou a rodear a montanha com dificuldade entre os rochedos durante horas, que estava numa ilha não muito extensa, pois era possível avistar sua orla inteira, um cinturão branco e irregular de areia intercalada por pedras, cercado de azul. Afinal, não tinha chegado ao último destino do tumbeiro. Talvez a ilha fosse desabitada, o que significaria ter seu gosto pela solidão levado a um paroxismo meio amargo.

Com as monções, a temperatura baixou de tal forma que não conseguia se manter distante da gruta por muito tempo. Se não arranjasse agasalho, morreria de frio ou fome, já que não suportava o vento do mar, tão poderoso que arrastava palmeiras com as raízes nos vendavais, impedindo-o de pescar nas águas revoltas.

Num crepúsculo cinzento ele se esconDeu na beira do córrego, tiritando de frio, detrás dos tufos de juncos, e aguardou como uma besta monstruosa à espreita, como um sujeito em questão que contasse com a ingênua benevolência de uma vítima que se dispusesse ao abate, levada pela solidão e pela sede, desprevenida pela ansiedade, alguém que se recusou a fechar a porta de noite para se proteger, permanecendo no abrigo da toca.

Imóvel, quase sem respirar, sentiu seus pés congelando na água vinda da montanha. As luzes da tarde se apagaram e veio a noite. Surgiu um animal pisando pé ante pé, bufando no ar frio, e bebeu da água do córrego com sua língua rósea e lépida. Pelo porte e pela galhada ainda incipiente, desconfiou que se tratava de um jovem macho e não de uma filha desgarrada, de uma filha de outro pai que estivesse passeando no local errado e na pior hora. O arpão atingiu o pescoço do animal, que se debateu, mortalmente ofendido por aquela traição da vida, enquanto ele se atracou para introduzir mais a arma no ferimento.

Na gruta, arrancou o couro com auxílio da pedra afiada e depois assou os nacos da carne, sentindo o odor excitante das gotas de gordura respingando nas brasas. Naquela noite ele mergulhou num sono tão encovado quanto perigoso, desobedecendo à sua regra de se manter desperto o maior tempo possível para evitar ataques noturnos.

Acordou com o barulho da tempestade, sentindo frio. As chamas estavam quase apagadas no braseiro. Ele implorou aos céus por dias seguidos de sol, a fim de não perder o couro que logo apodreceria, caso não o secasse a tempo, assim como o restante da carne que não conseguisse comer até a chegada da primeira mosca, sempre a mesma mosca, primeira e última.

As horas seguintes trouxeram a estiagem, atendendo a seus anseios, e ele se deitou por longo tempo sob o sol batendo nas pedras, ao lado do couro estendido. Quando o temporal ameaçou regressar, resguardou-se na gruta e assim prosseguiu por dias, alternando sol e chuva, até o couro secar a ponto de ser usado.

O frio aumentou e ele voltou a arpoar peixes, agora protegido pelos fragmentos do animal morto, com o capacete dourado de alumínio preso à cabeça. Nesses momentos, após obter sua refeição, ele se empertigava nas rochas ao redor da piscina natural e sem receio de afugentar os cardumes, endereçava discursos sem fim ao oceano, todas as palavras que lhe viessem à lembrança, e eram muitas, algo a ver com a natureza do seu ofício, a familiaridade com as letras, a disposição ao inútil de desperdiçar palavras ao vento.

Eram diálogos imaginários com sua filha, recomendações para a vida, cada um enterra seu pai como pode, que ela não se apegasse demais ao dinheiro e ao trabalho indesejado, às coisas que não tinham valor, ela devia aproveitar seu tempo na superfície desse planeta ao lado das pessoas que amava, devia investir todos os seus esforços em obter tempo para si e para o amor, que estivesse inteira em tudo que fizesse, pois só uma porta a vida tem, enquanto a morte tem mais de cem. Desejava que os peixes levassem suas mensagens para a filha através dos mares.

Ele ao menos tinha conhecido sua própria filha, o avô e a pequena silenciosa e, por que não, o caolho. Seus arrependimentos desapareceram assim como o futuro. Ali, naquele vasto panorama selvagem, ele se encontrava rodeado de solidão e afinal encarava o presente, embora não se sentisse mais só do que noutras ocasiões, nunca antes se percebeu tão integrado consigo mesmo, caminhando entre plantas e animais desconhecidos, pisando a terra coberta de folhas, sentindo a brisa salgada trazida pelo mar e a língua do sol lambendo suas feridas. A verdade é que, na maior parte do tempo, eu me preocupei com o passado e as lembranças, ou com o futuro e as esperanças, e assim o presente acabou sendo só arrependimento ou protelação, viver não passou disso para mim. Perdido entre passado e futuro, não cheguei a vivenciar o presente.

Começava a entender que chegar até ali era a culminância de uma trajetória iniciada fazia muito tempo, na juventude, quando melhorou de vida e percebeu que o dinheiro lhe possibilitava ter uma casa, em vez de viver nas pensões e repúblicas de estudante, podia habitar uma casa só sua, com eletrodomésticos que lhe permitissem, por exemplo, lavar roupas sozinho, sem ter de compartilhar a espera numa lavanderia ao lado de desconhecidos; também podia ter um automóvel, o que o desobrigava de se espremer com outros miseráveis no transporte público da cidade onde vivia.

Mesmo após se casar com uma mulher igualmente avessa ao convívio, a mãe de sua filha, até dormiam em quartos separados, assistiam à televisão em aparelhos diferentes e não demorou para eles próprios se separarem em definitivo; talvez ela fosse ainda mais necessitada de isolamento do que ele, pois acabou ficando com a guarda exclusiva da filha enquanto a mãe dela partiu. Na época, o abandono lhe pareceu justo, afinal sempre quis ser pai, ao contrário dela, a mulher nunca tinha querido ser mãe.

Desde cedo a filha se mostrou distinta dos pais. Estudou teatro ainda jovem, nunca abrindo mão das amigas, muitíssimas, com quem desejava conviver o tempo todo no apartamento dele, o que o chateava, causando desentendimentos que a levaram a partir de casa ainda no período escolar, indo viver com suas iguais.

As ondas iam e vinham, refluindo nos rochedos. A vergonha que sentia por ter tentado sufocar a mãe de sua filha também, ia e vinha, até ir e não voltar mais. Era grato à filha, que viu no sorriso da pequena rata branca de nariz avermelhado da almofada na noite daquele equívoco interrompido a tempo. Ela o salvou de cometer um assassinato. Foi-se o vagalhão da vida, levando a mulher e a culpa.

Quando as chuvas se tornaram esparsas, até a estiagem se firmar de vez e o céu ficar límpido como a superfície do oceano, ele retomou suas caminhadas nas quais admirava os animais em bandos. Certa tarde ao atravessar a savana, acompanhou uma multidão de pequenos mamíferos em fila, os maiores carregando os menores nas costas, numa feliz progressão aos saltos, sumindo na mata. Em outra ocasião, quando se pendurava nos galhos da árvore para colher frutos, observou um grande animal revestido de pelos ásperos, um símio como os que tinha visto logo após o naufrágio. Estava na campina cheia de flores em situação semelhante à da primeira vez; lá de cima ele o invejou enquanto acariciava um filhote com gestos parecidos aos dos humanos. Então surgiu das folhagens outro animal imenso, em carreira desabalada sobre as quatro patas, socando o peito com os punhos e urrando. O macho arrancou o filhote dos braços da fêmea e o bateu no chão até ficar sem vida, com o pescoço torcido numa posição impossível. Ao ver a cena, algo lhe veio à cabeça, que o filósofo, aquele velho insensato que apregoou a razão acima de todas as coisas, penso logo existo, com certeza nunca tinha visto um símio. Não podia conhecer a razão humana.

De noite ele adiava ao máximo o acendimento da fogueira para observar as estrelas no negrume do firmamento, brilhantes e foscas, cinzentas e escuras como se já estivessem mortas havia muito, embora persistissem ali, naquele plano não muito distante do topo do seu capacete dourado. Chegava a sentir suas palpitações no cérebro, através dos olhos, no ritmo da sua respiração alterada. Estavam isoladas, as estrelas, mas pertenciam às constelações das quais nunca, em nenhuma hipótese, se separavam umas das outras, sem também se aproximarem, para sempre sozinhas no horizonte, como almas perdidas numa cidade grande. Talvez estivessem mesmo mortas e, como ele, continuavam ali.

 Agora ele vagava pelas matas com a convicção de que tinha voltado à origem. Ignorava o nome daquilo que devorava, das plantas e dos animais. Voltou a provar os efeitos do pequeno fruto vermelho e a ter diarreia; enquanto o mastigava, sentia seu gosto raro e percebia que o fruto era o seu espírito. Não sabia como designar as coisas e passou a nomeá-las: cranchis era o nome do fruto vermelho, buraco era o da gruta onde se abrigava, origem passou a ser o nome daquela ilha habitada desde o naufrágio. Sentiu que o mundo já não lhe fazia caso, que o mundo, ao menos o seu, não era mais a totalidade dos fatos. Algo podia ser o caso ou não ser o caso e tudo o mais permanecer na mesma. A realidade deixou de ser o mundo das coisas para adquirir outra dimensão, composta de desvarios e lembranças. Podia ter voltado ao ventre de sua mãe. Nas paredes da gruta, projetada pela fogueira, ele acompanhava a sombra da filha indo e vindo no balanço nas tardes em que brincava no parquinho, e ouvia as risadas infantis dela ecoando do interior da garganta da gruta, suas risadas de alegria às vezes se confundindo com choro.

 Ao poente ele permanecia nu com seu capacete dourado e o arpão sobre as rochas na orla e acompanhava ao longe o sol e a lua ao mesmo tempo no céu e o rosto da filha se formando nas nuvens abrasadas da noite que caía. A lua era a pupila no olho de sua filha, sua própria menina, e o céu as águas das íris dela. Voltou a lembrar os traços da filha. No meio da mata, pressentia os sussurros do vento nos ramos e ouvia versos inteiros nos cantos dos pássaros, algo a ver com a natureza do seu ofício que enfim reavia, e aquela conversa infinita das coisas o confortava, o enchia de amor humano e diminuía um pouco sua solidão. Em todos os lugares que botava os olhos, via a filha e em silêncio conversavam sobre aquilo que não se podia dizer. Naquele fim de tarde o avião despontou do rosto de sua filha nas nuvens, atravessando a frente do sol como fazia todos os dias.

Quando voltava para seu buraco ele se desviou do caminho, prosseguindo por alguns quilômetros de terreno que ainda não tinha percorrido. No final de um trecho mais pedregoso da orla, numa curva repleta de recifes azulados, entre rochas vulcânicas, encontrou um cadáver. Era pequeno, tinha menos de um metro e jazia estirado entre as pedras como se tivesse chegado ali morto. Ele se comoveu, pois graças ao tamanho reconheceu a menina adotada ali, deitada sob o sol, lambida pelas águas marinhas que iam e vinham sem cessar sobre seu corpo, lavando toda culpa, toda dor.

Pouco adiante encontrou um segundo cadáver, ainda com farrapos da farda logo identificada como sendo a do capitão. Confirmou sua identidade ao retirar o relógio niquelado do seu pulso esverdeado pelas algas. Notou com certa tristeza que os relógios de pulso dos afogados continuavam a funcionar, rigorosamente pontuais, mesmo após a morte do dono.

Já na clareira, observando os vultos dos animais se afastando depois de beber água no córrego, percebeu que anoitecia. Tinha perdido a hora de voltar para a gruta. Ao escalar as escarpas de gatinhas para se equilibrar, às suas costas as últimas luzes afundaram no oceano. Perdido nas lembranças, perturbado pela visão dos cadáveres na praia, distraiu-se: devia ter acendido a fogueira antes do anoitecer, o que não fez. Andava aéreo, mais que o recomendável para viver numa ilha, talvez por causa dos curtos períodos de sono, de no máximo três horas contínuas, e do consumo dos pequenos frutos sanguíneos. Sempre que podia, passava as noites de olhos abertos, assistindo aos filminhos da memória projetados pelas chamas da fogueira nas paredes da gruta. Diante do buraco em cujas funduras se via apenas o fraco reluzir dos quartzos, que ele em sua insônia confundia com unhas e dentes querendo arrancar seus olhos, hesitou por um instante.

Em seguida decidiu entrar, tateando as pedras até o canto onde reunia as tralhas para acender o fogo. Não estavam como as tinha deixado. Ao se levantar, tropeçou no que pareciam ser cacos de uma cumbuca espatifada. Calafrios escorreram por sua espinha, e decidiu passar a noite na reentrância nas rochas como quando encontrara a gruta. Caminhou de costas para a entrada, após examinar de relance se permanecia desobstruída. Deu um passo curto e vacilante, depois mais dois. O ar parecia rarefeito. Esbarrou num pedregulho e, ao recuperar o equilíbrio, na altura dos corredores que se bifurcavam, balançando de cima para baixo nas quebradas da gruta, duas gemas vermelhas como o sangue levitaram no escuro, e ouviu passos cada vez mais rápidos vindos em sua direção, delineando-se o vulto de algo tão monstruoso que só poderia ter saído da sua lembrança, nunca de suas conjecturas; caindo para trás, ele resvalou nas escarpas do rochedo e despencou pela ribanceira, procurando se agarrar nas raízes; rasgou o couro nas lascas pontudas do solo, bateu o capacete repetidas vezes nos pedregulhos e partiu a tíbia da perna direita ao atingir o fundo do despenhadeiro, rolando sobre o próprio corpo até o córrego, onde mergulhou, inconsciente.

Despertou com o frio da água algum tempo depois: o capacete de alumínio o salvou de alguma concussão que lhe seria fatal e agora flutuava na superfície ao seu lado, o arranjo que o prendia à sua cabeça havia se soltado. Ainda estava escuro. Das águas do córrego, em silêncio e imóvel, apenas com os olhos de fora, ele acompanhou o vulto arrodear as margens, fungando e farejando seu rastro, soltando um ar espesso pelas narinas. Logo desapareceu no matagal, enquanto ele continuou dentro d'água, sendo impedido de afundar por sua magreza e pelo capacete dourado que abraçava, apoiando-se nos troncos do fundo lamacento do córrego com a ponta dos pés até a chegada da aurora. A baixa temperatura, além de amortecer a perna fraturada, o impediu de adormecer e se afogar, o que abreviaria suas dores. Debaixo do sol, arrastou-se entre os juncos da margem, sentindo latejar na altura da canela. Partiu o galho de uma árvore e atravessou a clareira, apoiando-se nele; ao chegar ao arvoredo, ouviu um murmúrio baixo parecido com um coaxar agudo, sibilante e repetitivo, e concluiu que os pássaros nos galhos riam dele, riam da sua desgraça.

Entrou na selva carregando uma esperança secreta, porque esse desejo ainda não tinha adquirido forma em sua consciência, de talvez ser devorado pelo predador que vagava por aquelas matas. Caminhou com dificuldade, beneficiado pelo terreno plano, e ao longo do trajeto verificou a falta que sentia de ver rostos humanos, por mais feios que fossem, como eram os do avô e do caolho, e escolheu vê-los no tronco das árvores, na irregularidade das suas cascas quebradiças nas quais via cenhos franzidos e narizes tortos. Esses rostos não desdenhavam dele, da sua figura esfacelada, apenas assentiam em silêncio à sua passagem. Que bom, acho que vocês se lembram de mim. Eu continuo aqui.

O ruído do mar se distanciou e as copas das árvores se fecharam como cortinas no final de um espetáculo. A luz no interior da mata se tornou difusa, e assim ele passou a perceber a cidade, coisas sem nome da cidade destruída que ele ainda carregava dentro de si, na lufada de poeira brilhante subindo ao alto reconheceu o encanto de uma chaminé de fábrica no inverno, e nos estilhaços da luz entre as folhagens, as cores ensolaradas da banca de jornal aonde ia com a filha comprar revistinhas, a banca tornada mágica pela chuva numa manhã de domingo; e a fosforescência das lâmpadas nos corredores do Futurama, agora ele podia ver, não passava da projeção de uma ficção religiosa que nunca fez sentido.

Ele se apoiou no tronco da árvore e reconheceu nela a mesma árvore que ficava diante do seu prédio. Deitou de bruços e, apoiado nos cotovelos, acompanhou a fileira de formigas carregando folhas para o formigueiro, a azáfama de uma estação de metrô, o caos coreografado da multidão voltando do trabalho para casa; atraído pelo marulhar de algum riacho próximo, engatinhou na direção da nascente formando um regato de onde bebeu com as mãos em concha, bebeu até perder o fôlego.

Quando aconteceu, notou que em determinado trecho da margem entre as pedras, o regato se detinha num torvelinho onde pairava, entre galhos presos e folhas mortas, um rato: estava morto e não estava, circunscrito ao girar do torvelinho, do qual ameaçava escapar, seguindo as espirais da corrente, sem encontrar saída. Ele observou a água, lembrando-se de outro rato, em outro lugar mas preso ao mesmo torvelinho do presente, nunca o mesmo rato, sempre o mesmo rato. Considerou fazer um cozido, precisava fazer um cozido. Assim poderia convidar a filha para jantar, quem sabe. Acariciou os danos na superfície metálica do capacete jogado no chão, se arrancasse o estofo quase desfeito do bojo poderia usar o revestimento de alumínio como uma panela. Como uma tigela, um cozido para reforçar sua promessa. Era o prato preferido de sua filha.

Adormeceu sobre a relva da margem, o primeiro sono sem interrupção em muito tempo, mais profundo que aquela noite na gruta após caçar o animal, talvez desde antes de a sua filha ter sofrido aquilo que sofreu e ele ter diagnosticada sua doença terminal, desde antes de fazer a promessa para ela, desde muito antes, nem sabia desde quando: desde o dia em que a filha, quando tinha menos de um ano de idade, do nada se levantou e aprendeu a caminhar, indo até os braços dele.

Dormiu exposto ao perigo da mata, aos predadores e à intempérie. Não foi visitado nem mesmo pelos pesadelos de costume.

O latejar do inchaço na tíbia partida o despertou e ele afundou a perna na água fria da correnteza. Ao fazer isso, percebeu que o torvelinho tinha se desfeito e o rato, livre de sua prisão, o observava na margem com curiosidade. Era um rato bem grande, além de familiar. Estendeu o dedo em direção ao rato, que aceitou o convite e escalou seu braço com rapidez, se encarapitando no topo do capacete dourado. Talvez não fosse um rato.

As luzes do amanhecer se esgueiraram entre as ramagens das árvores como através de uma claraboia e ele se ergueu com elas, voltando a caminhar, claudicante, margeando o regato que se ampliou num rio largo e sinuoso. Fora a dor, não sentia mais nada, passou a ser só aquela dor, tornou-se uma dor inteira. Animais pequenos e grandes nas franjas da mata acompanhavam o rio que se expandia, e ele sentiu fome. Os animais, exceto pelo rato no topo do capacete dourado ou fazendo cócegas em seu ombro e circulando de um braço ao outro, o ignoravam: ele era invisível.

Quando o sol estava para sumir no horizonte, ressurgiu com estrondo no céu o mesmo avião brilhante de antes, sua fuselagem refletia a luz da tarde e ele regulou os ponteiros do relógio de pulso do capitão para o mesmo horário em que aquele outro avião passava todos os dias na janela do seu apartamento. Agora sabia as horas e poderia convidar a filha para um jantar.

Naquela noite, até a mais tímida das estrelas reluziu só para ele. Enquanto o céu baixava mais e mais, aproximando-se da terra e cobrindo seu corpo como uma manta velha que guardou seu cheiro como os lençóis da casa dos pais na infância, lençóis que tinham aquele cheiro inconfundível, do reconhecimento de um lugar no mundo, pensou na vida de antes de o mundo retroceder à origem. Para o túmulo, das lembranças que carregava, levaria apenas imagens da filha. Não passava de um modo de pensar, não haveria ninguém para cuidar do seu funeral. Pereceria como a mistura de folhas e ossos desfeitos que ele já era, em breve seria um fóssil debaixo do solo acima do qual vagariam grandes lagartos. O rato sorriu para ele, ou talvez tenha rido dele, rido do seu futuro com todos os dentes. Era um rato com cara de esquilo, igual àquela pequena rata branca sorridente de nariz avermelhado de cujo desenho animado a filha tanto gostava, até tinha uma almofada com a personagem. Com uma só porrada desferida com o capacete, ele matou o rato.

Na alta madrugada, sem conseguir dormir, caminhou até a parte do rio que invadia a mata e formava um pântano. Naquela zona lúgubre e malcheirosa, estrelas magníficas eram refletidas pela superfície da água estagnada. Era isso: as luzes das estrelas, tão generosas, brilhavam até mesmo num pântano pútrido e sem salvação.

De manhã limpou o rato e de tarde o colocou para cozinhar no capacete de alumínio disposto sobre a fogueira, misturado aos pequenos frutos vermelhos na fervura com algumas folhas colhidas no mato. Logo o cheiro subiu, sedutor, e consultou seu relógio de pulso. Bem na hora. Ele sustentou a tigela improvisada de cozido, uma tigela tão quente quanto uma promessa recém-cumprida, e fechou os olhos.

Os ponteiros do relógio de pulso marcavam dezenove horas, o sol terminava de sumir.

A filha surgiu de trás de uns arbustos, atrapalhada, tinha aquele sorriso de quem sempre se atrasa e chega com cara de fome, olá. Olá, pai. Certeza que um dia eu ia comer esse teu cozido num capacete de peão, ela disse, afinal eu meio que nasci furando greve. Só não gostei de você ter acertado as horas sem mim. Isso não se faz.

Ele sempre quis repetir aquele jantar. O cozido queimava seus dedos e a filha retirou a tigela das mãos dele com destreza, resmungando algo em reprovação, como ele pôde carregar aquilo por tanto tempo, aquele peso. Ele contou da doença, tinha seus dias contados, e refez a promessa. O sujeito em questão, a honra, a vingança.

Dessa vez a filha tocou na comida, mastigando enquanto ele falava, e por sorte não perguntou que tipo de carne era aquela. Ela falou quase as mesmas coisas ditas da outra vez, algumas ele tinha compreendido mal. Talvez estivesse meio surdo.

A única resposta para o que sofri, disse a filha, deve ser da justiça. Mas não a justiça na visão antiquada do pai, que atendia ao mesmo princípio que levou o sujeito em questão a fazer aquilo com ela. Não, um ato de violência não vai conduzir toda a humanidade para a barbárie, ela disse, provando enfim o cozido, mas um só ato de violência causa uma reação em cadeia que pode ser interrompida, ela disse, que deve ser interrompida. Não escolhi ser a vítima. Mas posso escolher não ser o carrasco.

A filha então o abraçou e deu um beijo em seu rosto desfeito pela miséria, acariciando sua barba embolotada de carrapichos, olhando bem fundo nos olhos dele: eu não aceito tua promessa, ela disse, agora você está livre. Tchau, pai.

E partiu.

A chuva veio do nada e o despertou com gotas que doíam na pele. Na margem do rio, não encontrou onde se abrigar e seguiu caminho sob o temporal. Agora que sou um pai sem filha, continuo a ser um pai. Qual a serventia de viver sem testemunhas: nenhuma. Precisamos ser vistos, nossa passagem precisa ser testemunhada para ter sentido. Para ele, seria a prova de que viveu uma vida concreta e não um mero delírio. Os fantasmas da imaginação definiam a natureza do seu ofício, as lembranças impalpáveis; se encontrasse alguém, também poderia confirmar se continuava vivo.

Jogado no meio das cinzas da fogueira, o capacete não parecia mais dourado e sim enegrecido de fuligem, ele confirmou com desgosto. Para a criança a repetição é a alma do jogo, outra vez era uma vez outra vez. O contrário disso acontece à medida que se envelhece. A repetição dos dias rouba a alma e o jogo se torna insuportável. Chega.

Ao atravessar aquele peradaise, bebeu água numa altura em que o rio definhava, estreitando-se até readquirir o volume do regato da origem. Não se surpreendeu ao descobrir que tinha atingido a nascente do rio, uma segunda nascente, portanto, um rio com nascentes nas duas extremidades, um rio que nascia nas duas pontas, no fim e na origem, encontrando-se no meio, uma correnteza de duas mãos, o próprio rio do infinito.

Não distante da segunda nascente, descobriu uma trilha com sinais recentes de uso e pegadas de montarias, de onde avistou o vilarejo saído de alguma recordação da infância, de viagens aos ermos do interior, ou da ilustração de um livro antigo. Podiam ser náufragos como ele próprio, mas se fossem marujos ou feitores, certamente o reconheceriam como um dos que estavam no porão. Talvez a marca de grilhão no seu tornozelo sempre tivesse estado ali, era um sinal de nascença.

Sua perna voltou a latejar e sua boca despejou um líquido amargo e negro, tão pastoso que era quase sólido. Coxeando, ele rumou em direção ao vilarejo, a visão dos aros de fumaça saindo de uma chaminé dissipou sua hesitação. Ao ultrapassar o cercado de troncos, temeu que aparecessem cães. Não ouviu latidos nem o leve correr de patas sobre o piso batido de terra; a dez passos do casario, algumas choças feitas de pau a pique e barro, um bando de mulheres apareceu dos fundos do terreno, caminhando na direção dele. Carregavam arpões de madeira parecidos ao que ele próprio usava até dias atrás. Não quiseram ouvir seus cumprimentos ou explicações, talvez nem ao menos tenham entendido a língua gutural que sua voz falou; nem ele a reconheceu, após tanto tempo sem abrir a boca.

A ponta do arpão atravessou seu abdome pouco acima da cintura e ele desabou na lama. As mulheres o pisotearam e uma delas trespassou com o arpão o seu braço direito, a lâmina se prendeu entre o músculo e o osso, e a mais baixa delas, quase uma garota, lhe mordiscou com sanha o nariz e, sem atingir seu intento de o engolir, talvez porque, como ele próprio, não tivesse mais dentes, cavoucou seu olho esquerdo com a unha a fim de arrancá-lo. Esmagado contra o chão, ouviu um grito de comando. As agressoras se afastaram, abrindo passagem para quem deu a ordem. Tapando o olho que parecia deslocado para fora, ele se esforçou em focar a vista que lhe restava. Eram outras três mulheres, sendo que a do centro carregava no colo uma menina pequena, não devia ter dois anos. A mulher abriu os braços e pousou a menina num trecho seco da trilha, abaixando-se com uma expressão de incredulidade no rosto, talvez de estupefação. Ele reconheceu sua filha na menina, a filha quando era uma criança daquela idade. Minha filha, é minha filha, ele pensou enquanto a menina se erguia e cambaleava em sua direção. Viu os olhos da filha se arregalarem e sua boca abrir um sorriso triste, triste como a chuva que caía, se aproximando do seu rosto, e então ele fechou os olhos: e se lembrou de quando a filha caminhou pela primeira vez em sua direção na infância, a imagem mais importante da sua vida, algo que sempre quis rever naquele instante. E descansei do peso da promessa e da grandeza do assombro.

© Joca Reiners Terron, 2021

Todos os direitos desta edição reservados à Todavia.

Grafia atualizada segundo o Acordo Ortográfico da Língua Portuguesa de 1990, que entrou em vigor no Brasil em 2009.

O trecho em itálico na abertura do capítulo 6 pertence a Lugar público, *romance de José Agrippino de Paula.*

capa
Elisa v. Randow
ilustração de capa
Susa Monteiro
preparação
Márcia Copola
revisão
Jane Pessoa
Valquíria Della Pozza

Dados Internacionais de Catalogação na Publicação (CIP)
— —
Terron, Joca Reiners (1968-)
O riso dos ratos: Joca Reiners Terron
São Paulo: Todavia, 1ª ed., 2021
208 páginas

ISBN 978-65-5692-131-0

1. Literatura brasileira 2. Romance
3. Ficção contemporânea I. Título

CDD B869.93
— —
Índice para catálogo sistemático:
1. Literatura brasileira: Romance B869.93

todavia
Rua Luís Anhaia, 44
05433.020 São Paulo SP
T. 55 11. 3094 0500
www.todavialivros.com.br

fonte
Register*
papel
Munken print cream
80 g/m²
impressão
Geográfica